지구영웅전설

지구영웅전설

박민규 장편소설

문학동네

차례

바나나맨의 신병 인도에 따른 몇 가지 세부사항들

눈을 뜬다.

이런 맙소사. 급히 오른 팔을 들어올려 다시 눈을 가린다. 마이애미의 볕은 때로 핼리혜성만큼이나 위험해서, 직사(直射)라도 하면 안구의 표면에 거대한 운석구덩이가 패는 기분이다. 일초, 이 초 혜성이 멀어지기만을 기다리듯, 그 눈부심에 망막이 적응하기만을 나는 기다린다. 혜성의 꼬리는 수십 킬로미터에 이를 만큼 길고 길다.

팔을 내린다.

얼마나 잔 것일까. 부레가 고장난 심해어처럼, 나는 멍한 상태로 침대에 걸터앉는다. 답답하다. 산소 따위는 아예 이곳에 없다는 생각이다. 지느러미처럼 망설이는 발끝에 가볍고 따뜻한 환자용 슬리퍼가 와 닿는다. 슬리퍼의 촉감 외에는 나의 육신이라든지 혹은 그 외의 다른 무엇도 아직은 느껴지지 않아, 그저 멍한 이비인후(耳鼻咽喉)만을 슬리퍼 위에 얹어둔 기분이다. 천천히, 슬리퍼가 그것들을 창가로 운반한다. 한 대의 힘겨운 컨테이너 차량이 지나가는 소리가 들린다. 각기 다른 네 명의 사람처럼 나의 이, 비, 인, 후가 창가에 붙어선다. 그중 누군가가 커튼을 연다. 고리를 풀어 두 개의 겹창을 여는 것도, 분명 그중의 누군가일 것이다. 아무래도 좋다. 맑고 시원한 바람이 불어왔으니.

오존이다. 오존의 냄새다. 하늘을 날면서 맡던 비릿한 오존의 향이, 뇌의 북극점 위로 스며든다. 그리운 오존의 냄새도, 망토의 펄럭이는 소리도 나는 아직 잊지 않았다. 마이애미의 바람은 각기 다른 네 사람을 하나로 조립하고, 창 밖의 풍경도 아울러 조립해주었다. 스며드는 바람에 묻어 망막에 들어온 것은, 멀리 마이애미 비치에서 이곳까지 이어지는 수킬로미터의 평화로운 마을 풍경이다. 그랬군. 나는 고개를 끄덕인다. 지구는 무사했다.

"잘 주무셨나요 바나나맨?"
반가운 목소리의 아침인사가 내 등을 노크한다. 안 봐도, 간호사 아이리스임을, 나는 안다. 나로선 그리운 워싱턴 쪽의 억양

에다, 흑인이며, 삼십팔 세의 미세스다.

"물론."

나는 또 한번 고개를 끄덕인다.

내 이름은 바나나맨. 이 지구를 지키는 슈퍼특공대의 일원이다.

*

"슈퍼맨의 최후는 어땠나요?"

"장렬했습니다."

"둠스데이*는 물론 최강의 적이었죠?"

"최강이었죠."

"하하."

"왜 웃는 겁니까?"

"글쎄요. 영웅이 죽는다는 얘긴 처음이라서."

"처음이었죠."

"그때가 언제였는지 기억하십니까?"

"1992년입니다."

"물론 현장에 계셨겠죠?"

---

* DC 코믹스의 만화 『슈퍼맨』에 등장하는 슈퍼맨 최강의 적. 슈퍼맨과 치열한 접
전을 펼치다 결국 동반 자폭을 결심한 슈퍼맨과 함께 머나먼 우주에서 한줌의 재가
된다.

"물론입니다."

"잠깐, 지난번엔 1991년이라 하지 않으셨나요?"

"아닙니다. 그해에 죽은 것은 소련입니다."

*

"설리번, 자료실의 메건입니다. DC 코믹스*의 협조를 구할 필요도 없었어요. 만화에 조금이라도 관심이 있는 사람이라면 누구나 기억하는 사건이더군요. 그러니까 둠스데이란 괴물이 정말 등장했고, 결국 이 괴물을 막을 방법이 없다고 판단한 슈퍼맨은 괴물을 끌어안고 멀리 우주로 날아가 함께 자폭합니다. 물론만화 『슈퍼맨』의 이야기죠. 햇수도 정확합니다. 1992년이에요."

"그 책들은 모두 구했나?"

"네, 물론입니다."

"책의 내용을 꼼꼼히 살펴봐주기 바라네. 그리고 바나나맨이란 인물이 등장하면 나에게 즉시 알려주고. 성가시게 굴어 미안하네."

"뭘요, 힘든 일도 아닌데."

따릉.

---

* 미국의 유명 만화산업체. 슈퍼맨, 배트맨 등의 인기 히어로들을 중심으로 후발 업체인 마블(Marvel)과 함께 액션 히어로 만화시장의 양대 산맥을 이루고 있다.

"닥터 설리번, 메건입니다. 아무리 뒤져도 그런 인물은 등장하지 않습니다. DC 코믹스에 물어봐도 그런 이름의 영웅은 없다고 하는군요."

"바나나맨은 없단 말이지?"

"네, 바나나맨은요."

*

"저기, 이 책 안에서 당신이 등장하는 페이지를 찾아봐주시겠습니까?"

"여기, 이곳입니다."

"아무도 없지 않습니까?"

"이 건물 속, 그 속에 저는 숨어 있었습니다."

*

"메건? 닥터 설리번이네. 어떻게, 신원 파악에 진전은 있는가?"

"마지막으로 아시아 각국의 공관에 서류의 송달과 함께 협조를 요청해둔 상태입니다."

"미국인이 아닌 것은 확실하고?"

"그게 복잡합니다."

"복잡하다니?"

"지문조회상으로는 분명 미국인이 아닙니다. 그러나 소지한 시민권도 위조된 것은 아닙니다. 정식 시민권이란 말이죠."

"어떻게 그런 일이?"

"그러니까 시민권은 분명 발급되었는데 어떤 절차나 조사, 기록도 남아 있지 않다는 얘깁니다. FBI에서 이미 수차례의 검색을 마친 상태라 확인된 사실입니다."

"FBI의 의견은 어떤가?"

"'뭔가 합법적인 절차를 거치지 않은 미국인'으로 간주한다는 것입니다."

"애매하군."

"애매합니다."

"하긴, '바나나맨'이란 실명의 시민권이 있다는 것부터가 납득이 안 가는 일이라서."

"거짓말탐지기를 써보는 건 어떨까요."

*

지금 나는 책을 읽고 있다. 『원더우먼』의 원작자 윌리엄 몰턴 마스턴(William Moulton Marston)의 일생을 다룬 '원더 라이프

(The Wonder Life)'란 제목의 책이다. 마스턴은 미국의 현대사에서 결코 빼놓을 수 없는 흥미진진한 인물이다. DC 코믹스의 전신인 디텍티브 코믹의 자문이었고, 물론 『원더우먼』의 아버지이자, 열정적인 반프로이트파의 심리학자였고, 선구적인 남성 페미니스트였으며, 거짓말탐지기의 발명가였다.

원더우먼이 보고 싶을 때면, 나는 늘 이 책을 뒤적인다. 그리고 책을 덮을 때면, 언제나 머릿속은 마스턴으로 꽉 차버린다. 그도 그럴 것이, 딱딱하기 그지없는 이 전기에는 오직 단 한 장의 원더우먼 사진이 실려 있을 뿐이다. 즉 365페이지의 마스턴과 한 페이지의 원더우먼.

아쉽긴 하지만, 병원의 도서관은 병원의 도서관일 뿐이어서, 그녀의 모습이 담긴 책은 오직 이 한 권이다. 그런 이유로, 나는 늘 볕이 잘 드는 창가의 테이블에 앉아 이 한 장의 사진을 음미하곤 한다. 그런 대로, 오후 네시에서 다섯시까지. 즉 365페이지의 마스턴 속에 빛나는 한 페이지의 원더우먼을.

키득키득.
"야한 걸 보고 있잖아?"
"누가 아니래!"
돌아보니 뒤에는 두 명의 남자가 서 있었다. 둘 다 환자복을 입은, 보통 몸집의 청년과 거구의 중년이다. 청년은 히스패닉,

중년은 흑인. 좀더 훑어보면, 청년 쪽에서는 혼혈의 흔적이 엿
보인다.

"너희들은 누구지?"

"난 앨리스."

"난 토끼."

어색한 침묵이 흘렀다. 늦은 오후의 도서관은 고요했고, 새침
한 히스패닉계의 앨리스와 검고 거대한 토끼가 나를 지켜보며
서 있다. 키득키득. 유성우(流星雨)처럼 쏟아지는 마이애미의 햇
살 속에서, 토끼의 흰 이빨이 눈부시게 반짝인다.

"우린 널 알아."

토끼가 말했다.

"네가 바로 바나나맨이지?"

나는 고개를 끄덕인다.

"키득키득. 네가 왜 바나나맨인지 나는 알지. 오른손잡이인
네가 늘 그 손으로만 자위를 해서 휘어져버린 거야. 그래서 이렇
게 오른쪽으로 휜 바나나가 된 거란 말씀이지. 아 아, 놀리는 게
아니란 말씀. 왜? 나도 마찬가지거든. 난 왼손잡이. 물론 너처럼
한 손으로만 자위를 했지. 그래서 내 건 왼쪽 바나나가 돼버렸는
데, 어때, 한번 보여줄까?"

"아니."

책을 덮으며, 내가 말했다.

"앞으론 남의 등뒤에 몰래 서 있는 짓 따윈 하지 마. 알겠지? 누가 보내서 온 게 아니라면 말이야."

앨리스는 여전히 딴청이고, 토끼는 도대체 지능이 있는지 없는지 자신의 바나나를 꺼내 열심히 흔들어댄다. 말이 안 통하는군. 나는 묵묵히 품에서 황금 올가미를 꺼내든다. 원더우먼이 사용한, 원더우먼의 손때가 묻은, 진실만을 말하게 되는 황금 올가미다.

휘익.

"다시 말해! 너희들은 누구지?"

"아아, 전 데비예요. 데이빗 터너. 스물한 살. 고향은 오클라호마. 그냥 호모에 자폐증이랍니다."

"전 프랭키예요. 프랭크 고든. 마흔두 살 칠 개월. 고향은 올랜도고 그저 호모에 바보랍니다."

"누가 보냈지?"

"아무도요. 데비가 자꾸 당신에게 관심을 가지는 것 같아 겁을 좀 주려 했을 뿐이에요."

"넌 데비를 사랑해?"

"데비는 나의 전부예요. 불타는 사랑!"

"넌?"

"프랭키야말로 나의 귀여운 토끼죠."

"제발 살려만 주세요."

앨리스와 토끼는 하염없이 눈물을 떨구었다.

"돌아가."

올가미를 풀어주자 둘은 무척이나 보기 좋게, 손을 잡고 도망쳤다.

원더우먼의 창시자 마스턴은 무척이나 거짓말을 싫어한 인물이었다.

                                   *

"그럼 바나나맨, 다시 한번 정리를 해보겠습니다. 당신은 슈퍼맨, 배트맨, 원더우먼, 아쿠아맨과 함께 슈퍼특공대(Super Friend's Archive)의 일원이었으며, 워싱턴의 링컨 기념관 앞에 위치한 정의의 본부(Hall of Justice)에서 근무했습니다. 맞습니까?"

"네."

"그럼 그것을 증명할 수 있는 근거자료가 있습니까? 예를 들어 증인이랄까, 뭐 그런 것 말입니다."

"워싱턴에 문의해보십시오. 정의의 본부에 제 자료가 남아 있을 겁니다."

"좋습니다. 그럼 그렇다 치고, 그전에는 어떤 일을 하셨습니까?"

"대답하지…… 않겠습니다."

"아아, 이런…… 지금 이것은 당신을 위한 조사입니다, 바나나맨. 당신이 말한 모든 것은 오로지 만화 속에만 존재할 뿐입니다. 이 수상한 시민권만 없었어도, 당신은 완벽한 무적자(無籍者)란 말입니다. 아시겠어요? 자신을 위해서라도, 제발 협조를 해주셔야만 합니다. 하다못해 본명과 출생지만이라도 말씀해주세요. 더이상은 바라지도 않습니다."

"제 이름은……"

"네, 당신의 이름은?"

"바나나맨입니다."

"제기랄! 환장하겠네."

*

닥터 설리번이 나를 워싱턴에 데려간 것은 팔월이 시작되던 무렵의 어느 일요일이었다. 남자 간호사인 빅 짐이 동행했지만, 정확한 이유는 말하지 않았다. 비행기에 오를 때만 해도 설마, 했는데 티켓에 명시된 도착지는 확실히 워싱턴 DC였다.

"호의에 감사드립니다, 닥터 설리번."

"아뇨, 전 어차피 이곳의 세미나에 참석하러 왔습니다. 경비도 물론 학회에서 제공한 것이고요. 그리고 당신은 오늘밤 마이 애미로 돌아가야 합니다. 빅 짐과 함께 말이죠."

"상관없습니다. 워싱턴을 다시 볼 수만 있다면."

그리고 나는, 워싱턴을 다시 볼 수 있었다. 바다로 돌아온 연어처럼 나는 감격했고, 마치 바다처럼 워싱턴 DC는 변치 않은 모습이었다. 저마다의 촉수를 흔들어대는 말미잘의 거대한 군집처럼, 몰(Mall) 산책로의 잔디들은 바람의 물결을 따라 나부끼고 있었다.

"당신에게 이곳을 보여주고 싶었습니다."

설리번이 멈춰선 곳은 링컨 기념관 앞이었다. 그는 기념관의 정면을 바라보며 내 어깨에 손을 얹은 후, 빙그르, 자신의 몸을 축으로 해서 내 몸을 돌려놓았다. 누가 보더라도 오랜 친구처럼, 우리는 나란히 뒤로 돌아섰다.

"자, 정의의 본부는 어디 있죠?"

그곳에는 산들산들한 바람이 불고 있을 뿐이었고, 담배를 피워문 건들건들한 빅 짐이 서 있을 뿐이었다.

나는 아무 대답도 하지 않았다.

*

"이젠 내가 나설 차례로군." 부르스 웨인*이 말했다.
"물론이지 친구." 슈퍼맨이 대답했다.

*

"나도 슬슬 죽을 때가 되었군."
슈퍼맨이 그런 말을 꺼낸 것은 소련의 몰락이 현실로 드러난 1991년의 일이었다. 두 귀를 의심하던 내가 결국 눈물을 훔쳐내자, 슈퍼맨은 내 어깨를 다독이며 다정한 목소리로 이렇게 얘기했다.
"이런, 슬퍼하지 말게, 친구. 정말로 죽는 건 아니니까."
"정말?"
"물론."
"그럼 왜 그런 얘길 한 거야?"
"소련이 죽었으니까. 그건 곧 나도 사라지는 쪽을 택해야 한다는 얘기야. 힘의 대립은 끝이 났다. 이제는 또다른 이름의 정

---

* 배트맨의 실제 이름. 평상시엔 부르스 웨인이란 이름의 재벌실업가로 활동하다가 악당이 출현하면 즉시 배트맨으로 변신, 악을 응징한다.

의가 필요하다. 무슨 말인지 알겠니?"

"모르겠어."

"그러니까 내 말은, 세상의 변화에 따라 우리의 정의도 다른 방식을 택해야 한다는 얘기야."

"어려운데."

"그럴 거야. 황인종의 머리로는 풀기 힘든 문제지. 오, 미안. 농담이야. 너의 본질이 희다는 건 내가 누구보다 잘 알고 있는 걸. 그치?"

슈퍼맨은 농담을 좋아했다.

곧 회의가 소집되었다. 연락을 받은 영웅들이 속속 정의의 본부로 모여들었다. 그날 회의의 주제는 표면적으로는 세상에 공개할 '슈퍼맨의 죽음'에 관한 것이었다. 즉각 둠스데이의 등장과 슈퍼맨의 최후가 설정되었고, 그것은 구체적인 작업을 거쳐 일 년 후에 발표될 예정이었다.

즐거운 아이디어 회의가 끝나고 나자 아쿠아맨이 얘기했다.

"그럼 새로운 리더는 누구지?"

＊

"이젠 내가 나설 차례로군." 부르스 웨인이 말했다.

"물론이지 친구." 슈퍼맨이 대답했다.

1991년의 일이었다.
그 교감에 대해, 우리는 '워싱턴 콘센서스'란 이름을 붙여주었다.

*

배트맨-부르스 웨인이 슈퍼특공대의 새 리더가 된 것은 그때부터다. 물론 슈퍼맨은 죽지 않았고, 언제나 보이지 않는 곳에서 자신이 해오던 일들을 어김없이 수행하곤 했다. 특히 레슬매니아7에서 헐크 호건*이 서전 슬래터*와 맞붙었을 때, 광속으로 서전을 눌러 호건의 승리를 도운 일은 아직도 유쾌한 기억으로 내 마음속에 남아 있다.

부르스 웨인은 한 사람의 영웅이기에 앞서 세계 최고의 재벌이었다. 초능력에 의존하는 다른 영웅들과는 달리, 그는 막대한 자본과 첨단의 장비로 세계의 영웅이 된 인물이다. 지하 이십층

---

* 헐크 호건 : 미국의 인기 프로레슬러. 걸프전 당시 사담 후세인을 상징하는 악역 서전 슬래터와 챔피언벨트를 놓고 격돌, 전 미국인이 지켜보는 앞에서 서전 슬래터를 단방에 잠재워버렸다. 물론, 쇼였다.

깊이 속으로 수억만 달러의 장비가 매설된 '정의의 본부'를 옮긴다는 발상도, 그가 아니었다면 애당초 불가능했을 것이다.

그리하여 '정의의 본부'는 새로운 정의를 상징하는 국제통화기금본부의 땅속, 백 미터 아래로 옮겨졌다. 기존의 '정의의 본부'가 철거된 것은 당연한 일이었다.

지금 그곳에는 산들산들한 바람이 불고 있을 뿐이고, 담배를 피워문 건들건들한 빅 짐이 서 있을 뿐이다.

당연한 일이다.

*

"바나나맨, 당신은 어떤 영웅이었습니까? 예를 들면 하늘을 난다거나, 빛의 속도로 이동한다거나, 아니면 헐크처럼 와우! 하고 변한다든지 말입니다."

"전……"

"그러니까, '능력'에 관한 질문입니다."

"엄격히 말해서, 전 영웅이 아닙니다. 그러니까, 전 영웅들의 친구죠."

"영웅들의 친구?"

"친구!"

"좋습니다. 오늘 얘기는 상당한 리얼리티가 있군요. 아주 좋습니다."

*

바나나맨의 신원이 곧 밝혀질 것 같습니다. 연락이 온 곳은 한국대사관입니다. 아직 자세한 내용은 알 수 없지만, 아마도 한국 본토의 실종자일 가능성이 높다고 합니다. 실종자라…… 밀항이라도 했던 걸까요? 저로서도 궁금한 점이 한두 가지가 아닙니다. ─메건

*

"생각해봐. 하늘에서 개구리 비가 온다든지, 생선들이 떨어진다든지 그런 일들도 일어나는 게 세상이란 말이야. 이제 그만 그 남자에 대해서는 신경을 꺼, 데비."

"하지만 프랭키, 그는 분명 '순간적'으로 나타났어. 옥상의 휴게정원에서 담배를 피고 있을 때였지. 머리 바로 위에서 제트기가 지나가는 엄청난 소리가 들리더니, 갑자기 그 남자가 정원 한복판에 쓰러져 있었단 말이야. 그뿐이야? 얼마 전엔 우릴 이상한 밧줄로 묶기도 했잖아."

"오, 데비, 하늘에서 뭐가 떨어지건 우리의 사랑엔 아무 변화

도 없을 거야. 설사 하늘에서 떨어진 개구리가 올가미로 생선을
꽁꽁 묶는다 해도 말이야."

"우리야, 그렇지."

*

"한 가지만 더 물어봐도 될까요? 그럼 당신의 친구들은 지금
어디 있죠? 당신은 왜 친구들과 떨어져 있는 겁니까?"

"……"

"좋습니다. 답변을 하지 않아도 상관없습니다. 오늘은 보고서
를 작성하기 위한 통상적인 질문들이었으니까. 참, 이 서류를
잠시 봐주시겠습니까? 오늘 한국대사관으로부터 전달받은 파일
입니다. 오래 전의 실종인물에 대한 자료가 첨부되어 있더군요."

"저는…… 어떻게 되는 겁니까?"

"이제 좀 정신이 드나보죠? 당신은 FBI로 송치될 것입니다.
그리고 미합중국은 이삼 주 정도 수사를 더 진행한 후 한국측에
당신의 신병을 인도할 생각입니다."

"전 이곳의 시민권을 가지고 있습니다."

"그래서요?"

"이 시민권의 발급자가 이 상황을 용납하지 않을 겁니다."

"좋습니다. 그 점도 궁금한 것 중의 하나였습니다. 누구죠?

운 좋게 알게 된 상원의원이라도 있는 겁니까?"

"이 시민권을 발급해준 사람은……"

"사람은?"

"슈퍼맨입니다."

1979

그해에는 세상의 비밀 몇 가지를 알게 되었는데 대략 이런 것들이었다. 우선 인간의 아기가 만들어지는 방법과, 1999년에 지구가 멸망할지도 모른다는 예언, 또 무하마드 알리와 이노키는 서로 싸우지 않는다는 사실과, 맥이라는 이름의 동물이 있다는 것.

놀라웠다.

아기를 만드는 법은 친구를 통해,

지구 멸망설은 잡지를 통해,

알리와 이노키의 대결은 TV를 통해,

맥은 백과사전을 통해 알게 되었다.

나는 열두 살이었다.

*

　방과후의 교실은 언제나 시끄러웠다. 그 무렵엔 '나머지공
부'란 것이 있었는데, 그것이 이유였다. 신혼인 담임은 지진아
들의 학습능력을 향상시킨다는 취지하에 우리를 모아놓고는,
매일 자습을 명한 후 집으로 돌아갔다. 텅 빈 교실은, 그래서 지
진아인 우리들의 것이었다. 자습 따위가 될 리 없었다.
　일제 때 지어졌다는 그 낡은 목조 교실은 이야기를 나누기에
안성맞춤의 공간이었다. 어딘가 모르게 안락한 느낌이었으며,
책상이나 걸상 곳곳에 무수한 칼자국과 흠집이 있어 얘기를 들
으면서도 묵묵히―그 흠집들을 칼로 긋는다든지 따위의 소일거
리가 이곳저곳에 널려 있었다. 지진아 중에서도 무척 수수한 편
에 속했던 나는, 그래서 늘 이야기를 듣는 편이었고, 그래서 늘
그 낡은 교실이 마음에 드는 편이었다.

　'넌 어떤 편이야?'
　그 당시엔 편을 나누는 것이 생활화되어 있었다. 그래서 얘기
를 하다가도 꼭 친구들은 '넌 어떤 편이야?'란 질문을 던지곤
했다. 그도 그럴 것이, 그때는 모든 것이 선명하게 나뉘어 대립
해 있던 시절이었다. 세계는 미국과 소련으로, 나라는 남과 북
으로, 운동회에선 청군과 백군이, 영화에선 좋은 놈과 나쁜 놈이.

그리고 지진아들은,

이를테면 육백만불의 사나이와 슈퍼맨이 대결을 한다면 넌 누구의 편인가, 소머즈와 원더우먼이 싸운다면 넌 누구의 편인가 따위를 잘도 진지하게 모여 따지고 의논했던 것이다.

나는 물론 슈퍼맨과 원더우먼의 편이었다.

이미 〈육백만불의 사나이〉라든지, 〈소머즈〉의 시리즈는 끝이 나고 크리스토퍼 리브 주연의 〈슈퍼맨〉과 린다 카터의 〈원더우먼〉이 우리를 사로잡던 때였다.

더군다나 1979년은 히어로들의 종합선물세트라 할 수 있는 〈슈퍼특공대〉 시리즈가 최고의 인기를 구가하던 해였다. 슈퍼맨을 중심으로 배트맨과 로빈, 원더우먼과 아쿠아맨이 모여 함께 이 세계를 지켜나간다는 보람찬 내용이었다. 이보다 좋을 수가! 소련이 언제 핵을 쏠지 모르고, 북한은 연신 땅굴을 파대는 이 불안한 세계 속에서, 그것은 하나의 이상향이 아닐 수 없었다. 정의는 늘 승리했다.

*

슈퍼맨, 용감한 힘의 왕자
배트맨 로빈, 정의의 용사
원더우먼, 하늘을 나른다.

아쿠아맨, 수중의 왕자
랄라라랄라라 랄라라 라
랄라라 랄라라 라
정의를 모르는 나쁜 무리들
싸워 무찌른다 슈퍼특공대.

툭하면,
우리는 이 노래를 불렀다.

*

　나는 영웅들의 이야기를 좋아했다. 다른 무엇보다 그들은 한결같이 나오는 태생이 다른 '슈퍼'한 존재들이었기 때문이다. 폐지 수집을 하는 아버지와 빌딩 청소일을 나가는 계모 밑에 있던 나에게 이 영웅들의 이야기는 내 삶의 유일한 '슈퍼'이자, 즐거움이 아닐 수 없었다. 이들이 없었다면, 좀더 오래 전에 나는 자살을 결심했을지 모른다.
　아마도, 그랬을 거란 생각이다.
　아버지와 계모는 도통 말이 없었다. 원래 성격이 그렇다기보다는, 말을 하기가 귀찮을 정도로 늘 심신이 지쳐 있었던 것 같다. 두 사람 다 꼭두새벽에 일을 나가 달이 뜬 한밤중에 돌아왔

으므로, 이웃도 없는 그 외딴 지역의 텅 빈 집에서, 나는 늘 혼자
였다.

　나는 주로 폐지더미 속의 잡지를 찾아 읽거나, 고물딱지 라디
오의 주파수를 맞추는 일로 시간을 보내곤 했다. 그것도 아니면
종이접기를 하고, 그게 시시해지면 줄넘기라도 하다가, 밤이 늦
어지면 마루나 안방 아무 데서나 잠이 들곤 했다. 딱히 그럴 생
각은 없었지만 나는 늘 지진아였다. 그때는 별 생각이 없었고,
지금은 '그럴 수밖에' 없었다는 생각이 든다.
　아버지가 나의 교육을 위해 투자한 것은, 폐지더미 속에서 건
져낸 ─ 총 열여섯 권 전집세트의 일부인 두 권의 백과사전이 전
부였다. 만약 그 두 권의 책을 내다버린 사람이 큰맘먹고 전집
모두를 버려주었더라면, 나는 제법 박식한 소년이 될 수 있었을
지도 모른다.
　쩝.
　그런데도 불구하고, 성적표를 확인하는 아버지의 입에서는
늘 그런 소리가 새어나왔다. 그 소리는 집 안의 풍비박산을 예고
하는 소리였다. 그런 밤이면 어김없이 진동하던 술냄새와 끔찍
했던 구타를, 나는 아직도 기억하고 있다.
　따라서 나는 삶에 대한 의욕이 별로 없는 소년이었다. 더군다
나 월말시험인지 기말시험인지의 결과 때문에 TV가 박살났을

때는 그야말로 죽고 싶은 심정이었다. 이제는 〈슈퍼특공대〉도 볼 수 없었다. 산산이 부서진 TV의 잔해는 멸망한 지구의 그것이었다.

계모는 늘 맥처럼 시큰둥한 얼굴이었다.

*

실지로 TV인지 지구인지가 박살이 난 얼마 후, 나는 자살을 결심하게 되었다. 죽음의 그림자는 어느 날 갑자기 찾아왔다. 하물며 1979년, 열두 살 때의 일이다.

*

기지촌 쪽에 집이 있는 친구가 있었다. 인간의 아기가 어떻게 만들어지는지, 그 비밀을 알려준, 역시나 지진아 클럽의 정예 지진아였다. 문제의 발단은 미군부대에서 일을 한다는 그 친구의 아버지에게서 비롯되었다. 그따위 책은 집에 가져오지 말 것이지, 어쩌다 가져오게 되었으면 어린 아들의 눈에 띄지 않게 보관을 잘 할 것이지, 그냥 방에 있길래 들춰봤다가 깜짝 놀랐지 뭐야. 친구는 희희낙락한 얼굴이었다.

그것은 이를테면 플레이보이와 같은, 그래도 꽤나 점잖은 축의 포르노잡지였다.

그런 잡지를 본 적도, 여자의 알몸을 본 적도 없는 나로선, 무언가 초고대 문명의 비밀과 갑작스레 맞닥뜨린, 그런 기분이었다. 속속들이 세계의 비밀을 알려주는 친구가 고마웠고, 이상하게도, 매우 심장이 아프고, 지진아가 되길 참 잘했다는 생각이 들었다.

친구가 잡지의 첫 장을 넘기기 시작했다.

쥐구멍 속에 비친 한 뼘의 햇빛처럼, 눈부신 무언가가 그 속에서 빛을 발하고 있었다. 내게 이런 날이 올 줄이야. 둘러서서 볕을 쬐는 쥐들처럼, 우리는 나른해지기 시작했다. 여자들은 대개 프리즘을 거쳐 분산된 햇빛처럼 다리를 활짝 벌리고 있었다. 그 길고 매끈한 다리의 사이에는 그래서 영롱한 무지개라든지, 그 빛을 받은 찬란한 화초라든지 그런 것이라기보다는,

썰어놓은 돼지의 간(肝) 같은 것이 붙어 있었다.

*

갑자기 가랑비가 후두두 쏟아진 날이었다. 후닥닥 발길을 돌린 담임이 우산을 가지러 교실로 돌아온 것은 그 비 때문이었다. 놀란 담임보다, 더 놀란 우리보다 더 깜짝 놀란 것은, 힘든 포즈로 가랑이에 돼지의 간을 붙이고 있던 여자들이었다. 산산이 찢

겨진 잡지의 잔해는 멸망한 태양의 그것이었다. 세상은 암흑 그 자체였으며, 나의 간은 칼로 열두 번을 썰어놓은 듯 작아져 있었다.

"그냥 넘어갈 수 없다." 이를 악물며 담임이 얘기했다.

"부모님을 모셔와라. 만약 모셔오지 않는다면 경찰에 넘기겠다."

우리는 울부짖었지만 담임의 결심은 흔들리지 않았다. 이루 셀 수 없는 매질을 당한 후 가랑비를 맞으며 돌아오던 그 길 위에는, 노란 은행잎들이 지진을 예감한 물고기떼처럼 무리를 지어 유영하고 있었다. 내세(來世)를 향해 떠나는 그 길고 긴 행렬의 물살 위에서, 불현듯 나는 자살을 결심했다. 기억하건대, 그해의 가을소풍을 불과 며칠 앞둔 날이었다.

딱 한 시간만 더 생각을 해보자.

누군가가 버리고 간 비닐우산을 주워든 채, 나는 나의 죽음에 대해 한 시간을 더 생각했다.

*

정확히 세 시간 후, 나는 계모가 일을 나가는 빌딩의 옥상 위에 서 있었다. 계모에게 말 못 할 원망이 있었던 게 아니라, 빌딩의 옥상이란 곳이 아무나 올라갈 수 있는 게 아니었기 때문이다.

그나마 계모의 이름을 댈 수 있는 이 빌딩이 그래서 나에겐 제격이었다. 결심을 굳히는 데 한 시간, 준비를 하는 데 한 시간, 빌딩을 찾고 올라오는 데 한 시간을 소비했다. 이제 더는 시간을 소비할 수 없다. 준비해온 빨간 보자기를 목에 묶으며 나는 생각했다.

잠시 이 빨간 보자기에 대한 설명이 필요할 것 같은데,

그것은 뭐랄까, 오랜 고민 끝에 생각해낸 자살의 도구였다. 막상 결심을 굳히고 나니 은근히 두려운 것은, 죽음이 아니라 죽음이후의 소문과 손가락질이었다. 그래서 그 어떤 아이디어가 나에겐 필요했고, 결국 나는 '슈퍼맨의 흉내'를 내기로 마음먹었던 것이다.

실제로 그 당시엔 육백만불의 사나이를 따라하거나 슈퍼맨을 흉내내다 죽은 아이들이 꽤 여럿 있었다. 이미 신문에도 몇 차례나 그런 죽음이 보도되었기 때문에, 더이상 황당한 일도 눈에 띄는 일도 아니었다. 단언컨대, 목에 두른 빨간 보자기를 보는 순간 경찰은 단정지을 것이다. 또 슈퍼맨을 흉내낸 것이로군. 신문기자도 포르노의 더러운 추문 따위는 파고들 겨를이 없을 것이고, 담임도 죽음 앞에선 굳게 입을 다물 거란 생각이었다. 나는 나의 자살을, 단지 '그럴 수 있는' 평범한 죽음으로 가장하고 싶었다. 그게 다였다. 실제로 매어보니, 빨간 보자기는 생각보다 훨씬 초라한 것이었다.

그래서 혹시나 하는 마음에, 러닝의 가슴팍에 커다란 'S'자를 그려넣었다. 비록 빨간색이 아닌 검은색 사인펜이었지만, 이 정도면 알아보겠지, 하며 나는 스스로를 위로했다. 채점을 죽음보다 싫어했던 나는, 여간해선 빨간색 펜을 가지고 다니지 않았다. 죽는 그 순간에도, 지진아와 슈퍼맨 사이에는 그 정도의 극복하기 힘든 핸디캡이 도사리고 있었다.

옥상의 난간에서 바라본 하늘은 맑게 개어 있었다.

*

"들어와. 들어와, 괜찮아."

*

아직 어머니가 살아 계셨을 때, 아버지는 나를 데리고 종종 동네 목욕탕을 찾곤 했다. 꽤나 열탕을 즐겼던 아버지는, 펄펄 끓는 물 속에서 염불을 외며 나에게 그런 유혹을 하고는 했다. 들어와. 들어와, 괜찮아. 탕의 난간에서 듣던 그 목소리가 바람에 실려 들려왔다. 그것은 놀랍도록, 그 열탕에 발을 넣을까 말까를 망설이던 때의 감정과 흡사한 것이었다. 십오층의 옥상은 과연 높은 곳이어서, 저 뜨거운 노을이 발 밑에 있다 해도 과언은 아니었다. 네모난 지구의 모서리에 선 중세의 범선처럼 나는 숙연한 기분이 들었고, 점점 더 노을은 끓어올랐으며, 점점 더 또렷해지는 그 목소리를, 나는 들었다.

순풍이 불어왔다.

나는 천천히 그 열탕 쪽으로 발을 내밀었다.

*

"어때, 시원하지?"

*

귀를 찢을 듯한 굉음 속에서 또다시 아버지의 목소리가 들려왔다. 작고 빨간 돛이 등을 감싸며 펄럭이는 소리도 들려왔다. 나는 울지 않았고, 아무런 후회도 없었다. 빨리 이 낡은 세계를 벗어나 새로운 세계로 가고 싶을 뿐이었다. 나는, 시원했다.

정말이지 한 채의 범선처럼 나는 엄청난 속도로 추락하고 있었다. 공기는 너무나 뜨거우면서도 차가워서, 마치 거대한 드라이아이스의 빙벽을 수직으로 미끄러지는 기분이었다. 빙벽의 표면은 썰어낸 간의 표면처럼 부드럽고 미끈거렸다.

고개를 숙였다. 조금 전까지 내가 서 있던 이 세계의 끝, 빙벽의 난간이 급격히 멀어져가는 것이 보였다. 이제 곧 사라지겠지. 그곳에서 떨어져나온 작은 드라이아이스의 부스러기처럼, 나는 빠르게 승화(昇華)하고 있었다. 눈을 감았다.

쿵!

여위고 어린 신체가 느낀 것은 돼지의 간보다는 딱딱하고, 지구보다는 훨씬 부드러운, 그러니까 돼지의 간과 지구의 중간쯤 되는 그런 물체였다. 그래서 굉장한 소리가 들렸지만 나는 부서지지 않았고, 마치 거대한 신의 손바닥 위에 올라앉은 새처럼 편안한 기분이었다. 이곳은 어디일까? 신의 손바닥은 다시금 하늘 위로 상승하고 있었다. 나는 눈을 떴다.

믿어지지 않았지만 나는 누군가의 품에 안겨 있었고, 아닌게 아니라 그 누군가는 정말로 하늘을 날고 있었다. 그리고 바로 눈앞에 신을 닮은 그 남자의 미소 띤 얼굴이 있었다. 외국인이 분명했지만, 어딘지 모르게 낯익은 얼굴이었다. 내가 눈을 뜨기만을 기다렸다는 듯, 그가 부드러운 음성으로 물어왔다.

"Hey, What are you doing now?"

그는 슈퍼맨이었다.

정의를 모르는 나쁜 무리들과 바나나맨의 탄생

그것은 '정의의 본부'였다. 만화와 하나 다름없이, 실제로, 그 거대한 아치형의 돔은 링컨기념관의 맞은편에 우뚝 서 있었다. 상공에서 봤을 땐 은빛인 줄 알았는데, 눈앞에 이르자 그것은 눈부시게 하얀 순백의 건물이었다. 슈퍼맨은 두려움에 떨고 있는 나를 안은 채 천천히 건물의 상공을 한 바퀴 회전한 후 땅 위에 내려섰다. 정문의 대리석 아치에는 알파벳 하나가 수십 미터가 넘을 듯한 'HALL OF JUSTICE'가 양각되어 있었고, 나는 슈퍼맨과 함께 그 희고 거대한 'JUSTICE'의 아래를 통과해 본부 속으로 들어갔다.

새롭고 놀라운 인생은 그렇게 시작되고 있었다.

말 그대로 어메이징 그레이스, 1979년의 일이었다.

*

중앙통제실(물론 나중에 알게 된 사실이지만)에는 배트맨과 로빈이 앉아 있었다. 그리고 잠시 후 지하 독(Dock)으로 이어진 엘리베이터의 문이 열리며 아쿠아맨이 들어서더니, 투명 비행기의 승강장으로 이어진 또다른 통로를 통해 원더우먼이 들어섰다. What is this? 나를 발견한 영웅들은 한결같이 이런 질문을 던졌고, 그때마다 슈퍼맨은 열심히 자초지종을 설명하는 눈치였다. What is this? 꼬집어 빨간 보자기로 만든 망토와 사인펜으로 그린 가슴의 'S'를 지목한 것은 로빈이었다. HA, HA, HA, HA!* 영웅들은 일제히 웃음을 터뜨렸다. 세계의 이면(異面)으로 떨어진 한 마리의 맥처럼, 나는 어쩔 줄 몰라하며 우물쭈물 서 있었다.

*

"그것은 묘한 인연이었어. 뭐랄까, 뭔가 이상한 힘이 나에게

---

* DC의 원작(原作) 지문에선 웃음소리가 대개 소문자로 표기되지만, 일반인들의 웃음과는 달리 영웅들의 웃음은 워낙 화통하고 '슈퍼' 하기 때문에 대문자로 표기했다.

널 이곳으로 데려오게끔 만들었지. 물론 그 자리에서 널 내려놓으려 했을 때 네가 한사코 내 팔에 매달려 내려서기를 거부한 까닭도 있었지만 말이야. 그 눈빛은 아직도 기억이 나. 이대로 내려놓았다간 이 소년은 다시 뛰어내리겠구나, 그런 생각이 들었던 거지."

훗날 충분히 의사소통이 가능해졌을 무렵, 그날의 일에 대해 슈퍼맨은 그렇게 얘기했다. 나 역시 묘한 인연이 아닐 수 없다고 생각한다. 역시나 훗날에 알게 된 일이지만, 평범한 인간이 인생에서 영웅을 만날 확률은 사냥을 나선 에스키모가 말레이 맥과 마주칠 확률보다 희박한 것이었다. 아쉽긴 하지만, 대부분의 인류는 그렇게 살아간다. 영웅은 만화에나 등장하는 가상의 존재라고 믿으며, 섹스나 지구멸망설 따위에 가슴을 설레며, 예를 들자면 저 따분한 알리와 이노키의 대결에나 열을 올린다거나, 거참 맥이라는 동물이 다 있었네, 라며 깜짝 놀란 표정을 지으며 말이다. 당신이 깜짝 놀라거나 말거나,

지구는 멸망하지 않는다.

정말 놀라운 비밀은 따로 있으니까. 그것은 바로, 이 지구를 지키는 '아메리칸 히어로'들이 있다는 사실이다. 물론 당신이 알 바는 아니지만, 즉, 그러나 말이다.

*

슈퍼맨은 닥터 월슨이란 인물에게 나를 데려갔다. 정의의 본부에 소속된 과학자인 그는 한국어를 어느 정도 구사하는 인물이었다. 월슨 박사는 한국어로 여러 가지를 물어왔고, 그 대답들을 영어로 꼼꼼히 옮겨적었다. 돌아가고 싶지 않니? 그가 물었다. 아뇨, 제발 여기 있게 해주세요. 내가 대답했다. 명심해라 꼬마야, 이곳의 생활은 매우 특별하단다. 알겠니? 나는 고개를 끄덕였다. 우선 해야 할 일은 그의 밑에서 영어를 배우는 일이었다.

갑자기 머릿속에 열여섯 권의 백과사전 전부가 들이닥친 듯한 나날이 시작되었다. 우선 영어를 익히며 컴퓨터를 배워야 했고, 나에게 허용된 통로의 이용법과 체크인 사용법, 통제구역의 판단과 암호 교환방법, 각 부서의 체계와 업무의 개요, 각종 통신장비의 사용법과 수신요령, 서브웨이(내부에서만 운행되는 소형 전기자동차)의 운전법과 환승요령 등을 필수적으로 배워야 했다. 월슨 박사는 스물세 명의 보조연구원과 여든두 명의 직원, 그리고 다섯 마리의 개를 거느리고 있었는데, 나는 다섯 마리의 개들과 같은 라인의 지하숙소를 사용해야 했다. 사람들은 냉정하고, 개들은 거칠었으며, 일들은 한결같이 벅차고 힘에 부쳤지만, 그러나 거짓말처럼, 나는 즐겁기만 했다. 언뜻 나 자신이 우주소년이랄까, 그런 만화 속의 주인공이 된 듯한 기분이었는데, 아닌게 아니라 날이 갈수록 이 세계의 평화를 지키는 특공대의 어엿한 일원으로 나는 성장해가고 있었다. 윌슨 박사는 나날이 늘어가는 나의 영어 실력을 칭찬해주었고, 업무 역시 단순한 심부름에서 데이터를 전송하거나 감찰지역을 모니터링하는 일들로 하나하나 바뀌어갔다. 나는 더이상 지진아가 아니었다. 나는 더이상, 한국인이 아니었다.

처음 슈퍼맨과 영어로 대화를 나눴을 때의 기쁨을 나는 아직도 잊지 못한다. 아마도 1980년의 일이었을 것이다. 물론 간단한 영어였지만 슈퍼맨은 이렇게 얘기했다. 우리는 친구야, 그렇지? 벅찬 가슴으로 내가 대답했다.

"Yes, Sir!"

*

슈퍼맨은 한 달에 한 번꼴로 윌슨 박사의 연구실을 찾아왔다. 12인의 원탁회의가 열리는 날이었다. 윌슨 박사는 12인의 수뇌부 중 한 사람이었고, 슈퍼맨은 특별히 그와 친분이 두터운 편이었다. 12인의 연구실은 본부의 가장 아래층에 위치했으며, 그 중심에 엄격한 통제구역이 있었다. 이른바 '원탁회의'는 그 통제구역 속에서 개최되었다. 물론 정기적인 회의 외에도, 지구에 위기가 닥칠 때면 모든 영웅들과 수뇌부의 과학자들이 그곳에 모여 지구의 앞날을 고민하곤 했다.

둥근 원탁이 있다. 아서 왕과 기사들의 자리에 영웅들이 앉아 있고 열두 제후들의 자리에 세계 최고의 과학자들이 앉아 있다. 정의를 지키기 위해 슈퍼맨은 깊은 시름에 잠겨 있고, 배트맨과 닥터 윌슨은 서로의 견해차를 좁히기 위해 격론을 벌이는 중이다. 슈퍼맨의 미간에 깊은 주름이 생기기 시작한다. 지금 이 세계의 앞날이 그의 결정에 달려 있기 때문이다―생각만 해도 가슴이 두근거리는 광경이다. 나는 늘 그런 상상을 하곤 했다.

어때 꼬마, 잘 지내? 나를 볼 때마다 슈퍼맨은 그런 질문을 던졌다. 물론 나에겐 어엿한 한국 이름이 있었지만 이곳에선 누구도 그 이름을 부르지 않았다. 마치 약속이라도 한 듯, 모두가 나를 '꼬마(kid)'라고 부른 것이다. 잘 지내요. 나는 늘 그렇게 대답했고, 그렇게 대답했고, 그렇게 대답했다가, 삼 년의 세월이 흐른 어느 날, 그렇게 대답하지 않았다.
미치겠어요.

시간이 흐르자 어느덧 그 지하의 생활이 나에겐 따분하게 느껴지기 시작했다. 무엇보다 직접 연구에 몰두하지 않는 이상, 이곳의 업무는 지겹고 지겨운 반복의 연속이다. 다들 친절하긴 하나 언제나 냉정한 얼굴이다. 숨이 막힌다. 지하 오층 이상으로 올라가보지 못한 게 벌써 삼 년째다. 지난달부터 소화불량에 시달리기 시작했다. 햇빛이 보고 싶다. 눈물이 날 지경이다, 라며 나는 울었으나, 실은 영웅들의 거처인 중앙통제실로 가고 싶은 것이 나의 솔직한 속내였다. 나는 영웅들의 활약상이 보고 싶었다. 이 눈으로 직접! 아니, 할 수만 있다면 나도 그들의 일원이 되고 싶었다.

슈퍼맨은 이미 모든 것을 꿰뚫고 있었다는 듯 나를 쳐다보더니, 싱긋 미소를 지으며 내 머리를 쓰다듬었다. 번쩍, 그가 나를 안아올렸다. 이미 귀를 젖히는 공기의 마찰과, 한껏 바람을 받은 돛처럼 팽창한 고막의 마비를 나는 느낄 수 있었다. 비행이었다. 슈퍼맨은 중앙 로비에서 시작된 연결통로를 따라, 어떤 끝없이 어두운 터널 속을 날아갔고, 순식간에 그 터널의 끝인 해안의 절벽동굴을 빠져나와 푸르른 창공 속에 머물러 있었다.

그곳은 눈이 부시게 아름다운 바다의 상공이었다.

"나와 같이 있고 싶니?"

그가 물었다.

"네." 나는 큰 소리로 대답했다.

*

　내가 정식으로 중앙통제실에서 근무를 시작한 것은 1983년 1월 1일의 일이었다. 물론 영웅이 된다는 건 꿈같은 소리이고, 단지 그곳의 보조요원으로 발탁된 것이다. 역시 슈퍼맨의 도움을 받은 것이었고, 통신장비를 이용, 세계 각국에 흩어져 있는 영웅들에게 메시지를 보내는 게 일이라면 일인 자리였다.

　로빈은 나를 기억하고 있었다. 배트맨은 나 따위에 별 관심을 보이지 않았고, 아쿠아맨은 언제나 따끈한 홍차를 준비해놓기를 원했으며, 원더우먼은 너무 눈이 부셔 제대로 바라볼 수 없었기 때문에, 늘 목소리만 듣는 입장이었다. 그래도,

　꿈만 같았다.

　지구상의 어떤 인간이 가끔 슈퍼맨에게 응석을 부려 하늘을 맘껏 날아볼 것이며―물론 배트맨은 차갑기 그지없지만―로빈과 함께 월드시리즈의 결승전을 관람하며 목놓아 뉴욕 양키스를 응원할 것이며, 원더우먼으로부터―물론 목소리일 뿐이지만―"키드, 스파이더맨의 도움이 필요할 것 같아. 호출을 부탁해"와 같은 말을 들을 수 있단 말인가.

　꿈만 같아서 나는 늘 행복한 하루하루를 보내고 있었다. 특히 나는 로빈과 친해졌는데, 그것은 격식이 없고 자유분방한 그의 성

격 덕이었다. 어이 키드, 얼마 전 라스베이거스에서 말이야······
그리고 런던에 갔을 땐데 말이야······ 그는 늘 자신이 '플레이'
했거나 '플레이' 당한 여자들의 얘기를 끝도 없이 나에게 들려주
었다. 그래서 말이야······ 그러면 이미, 다음 도시에서 금발의
녹색 눈동자가 로빈을 기다리고 있다는 사실을 나는 일찌감치
알 수 있었다.

　꿈같은 얘기였다.

　어쩌면 로빈은 필요 이상으로 많은 얘기를 나에게 들려주었
는지도 모른다. 그리고 그런 로빈을 통해 나는 필요 이상의 꿈을
간직하게 되었다. 그것은 평범한 인간도 영웅이 될 수 있다는 놀
라운 사실이었다. 바로 로빈이 그랬다. 배트맨을 만났기 때문에
난 영웅이 될 수 있었던 거야. 그 엄청난 장비들이 없다면 난 평
범한 인간에 지나지 않아. 로빈의 말은 사실이었고, 나 역시 슈
퍼맨을 만난 평범한 인간이었다. 나 역시 영웅이 될 수 있다고,
나는 생각했다.

　"꿈도 꾸지 마."

　슈퍼맨은 한마디로 나의 얘기를 일축했다.

*

"넌 미국인이 아니기 때문이야." 슈퍼맨이 얘기했다.

"그럼 미국인이 될 테야." 내가 소리쳤다.

"소용없어." 다시 슈퍼맨이 말을 이었다.

"그런다 해도 넌 백인이 아니니까."

*

"오 키드, 너무 상심하지 마. 그래도 넌 우리들의 친구잖니."

위로를 해준 것은 원더우먼이었다. 로빈은 말없이 부메랑을 던지는 연습에 열중해 있었고, 아쿠아맨은 소련의 핵잠수함에 대한 브리핑을 받고 있는 중이었다. 책상에 엎드린 채, 브리핑의 소음 속에서, 나는 바다의 밑바닥을 유영하는 잠수함처럼 고요한 소리를 내고 있었다. 가슴속에서 마치 핵의 융합과도 같은 격렬한 슬픔이 연쇄적인 폭발을 일으켰고, 나는 무수한 기포들을 내뿜으며 저 끝없는 심연 속으로 한없이 잠수해 들어가고 있었다.

"키드, 이제 그만 그치렴."

뉴욕타임스를 읽고 있던 슈퍼맨이 낮은 목소리로 얘기했다. 부스럭부스럭 소리를 내며, 슈퍼맨도 편치 않은 마음이란 걸 뉴욕타임스가 대변해주고 있었다.

슈퍼맨은 그런 인물이다. 늘 확고한 원칙이 있었고, 그 원칙 앞에서 언제나 냉정함을 잃지 않았다. 물론 나는 슈퍼맨의 마음을 이해할 수 있었다. 그는 평범한 친구가 아니라 이 세계의 정의를 수호하는 영웅이니까. 즉, 그의 원칙이 흔들린다는 건 곧 세계의 정의가 흔들린다는 얘기다. 그건 말도 안 된다. 어디까지나 이 세계의 정의는 명백한 원칙에 의해 지켜지는 것이니까. 누르스름하거나 거무스름한 것이 아닌, 저 밝고 새하얀 원칙 말이다.

정의는 명백한 거야. 언제나 슈퍼맨은 입버릇처럼 그 말을 되뇌곤 했다. S자로 꼬부라진 한 가닥의 앞머리를 제외하고는, 그는 모든 면에서 스트레이트한 인간이었다.

"미치겠군. 자꾸만 늘어날 전망이야."

그때였다. 통제실의 정문이 열리는 소리와, 분통을 터뜨리는 소리가 동시에 들려왔다. 쩌렁쩌렁. 배트맨이었다.

"뭐가?" 슈퍼맨이 물었다.

"정의를 모르는 나쁜 무리들!"

그 목소리에 놀란 나는, 바다의 표면 위로 있는 힘을 다해 부상해 올라갔다. 두둥실. 그리고는 잠수함의 해치를 열고 얼굴을 내민 앳된 수병(水兵)처럼, 말간 표정으로 자세를 고쳐앉았다.

나는 늘 배트맨이 무서웠다.

　즉시 회의가 소집되었다. 안건은 물론 최근 들어 더욱 증가 추세를 보이고 있는 '정의를 모르는 나쁜 무리들'에 대한 대비책이었는데, '정의를 모르는 나쁜 무리들'에 대한 대비책은 대비책이고, 정말 나를 놀라게 한 것은 모니터의 하단, 즉 기타토의 부스의 스물세번째 항목에 상정된 나의 영웅화(英雄化) 인가건의안(認可建議案)이었다. 건의안을 제출한 인물은 다름아닌 로빈. 아아, 흘끔 나를 돌아보며 윙크하는 그의 옆모습을 바라보며, 나는 다음 도시에서 그를 기다리는 한 사람의 여인이 되고 싶은 심정이었다. 사랑해 로빈.

　"저런 놈 하나쯤 키워주는 것도 나쁘진 않을 거야."

　놀랍게도, 선뜻 예스 버튼을 누른 인물은 배트맨이었다. 원더우먼과 로빈조차도 깜짝 놀란 선택이었고, 슈퍼맨의 양미간에 깊은 주름을 만들게 한 결정이었다.

　"앞으로는 말이야," 배트맨은 계속 얘기를 이어갔다.

　"저런 놈도 필요한 시대가 올 거야. 미리 대비를 해두는 것도 나쁘진 않은 일이지. 그러니까, 일종의 샘플로 생각하면 쉬울 거야. 베트남을 봐. 그런 샘플이 있었기 때문에 라오스와 캄보디아가 생겨난 거라구."

　"그래도 원칙을 어길 순 없어."

슈퍼맨이 단호한 표정으로 얘기했다.

"아니, 이제 곧 변화가 올 거야. 힘은 물론 언제라도 필요한 것이지만, 또다른 형태의 대비도 필요하다는 말이지. 나는 이미 오래 전부터 그런 시대를 준비해왔어. 자네가 저 꼬마를 주워왔을 때도 언뜻 그런 생각을 했었던 거고. 더군다나 저 꼬마는 자네 흉내를 내며 건물에서 뛰어내린 소년이 아닌가. 물불을 가리지 않는, 저런 무모한 적격자는 일부러 찾기도 힘들다는 생각이야. 안건이 나온 김에, 지금부터 준비를 해나가는 게 어떻겠나. 이참에 아예 흑인 히어로도 한 놈쯤 만들어놓는 게 어떨까?"

뭐랄까, 슈퍼맨은 박자를 놓친 교회성가대의 성가대장 같은 표정을 짓더니, 좋아, 자네의 생각이 깊다는 걸 인정하겠네. 그럼 다른 사람들의 의견도 같은 건가? 라고 물은 후, 모두가 고개를 끄덕이자 환한 미소로 나에게 악수를 청해왔다. 좋아 키드, 영웅의 세계에 입문하게 된 걸 축하한다. 슈퍼맨의 손을 두 손으로 꼭 쥔 채 나는 눈물을 떨구었다. 뭐랄까, '할렐루야'를 외치는 교회 성가대의 소프라노 같은 심정이었다.

*

곧이어 나의 캐릭터를 설정하는 회의가 개최되었다. 중앙통제실의 문이 폐쇄되고, 나는 로빈의 지시에 따라 통제실 중앙에 알몸으로 서게 되었다. 불이 꺼지고, 곧이어 오로라와 같은 불빛이 내 몸을 에워쌌다. 입체영상을 만드는 조명이었다. 여러 가지 디자인의 복장과 마스크가 홀로그램으로 장착되기 시작했다. 원더우먼이 지켜보는 앞에서 알몸으로 서 있는 게 부끄러웠지만, 그 절차가 또 이곳의 변치 않는 규정이었다.

"이름은 뭐가 좋을까?" 어둠 속에서 배트맨의 목소리가 들려왔다. 용(龍)! '아시아의 용'이 어떨까? 아쿠아맨의 목소리도 들려왔다. 푸훗. 누군지 알 수 없는 목소리의 웃음이 작게 새어나왔다. 곧이어 그 웃음은 모두의 목소리로 번져나갔다.

당연한 일이었다. 열여섯 살의 나의 신체는 내가 보기에도 '용'이란 이름과는 너무나 어울리지 않는 것이었다. 빈약한 가슴, 허약한 팔과 다리, 작은 키, 벗겨지지도 않은 성기…… 적어도 '용'이라면, 건장한 체격과 날렵한 근육, 무쇠 같은 팔다리와 멋지게 벗겨진 성기를 갖고 있어야 할 터였다.

"너무 작아, 마치 한국의 땅덩이처럼 작구나."

아이디어가 잘 떠오르지 않는다는 듯, 곤란해하는 슈퍼맨의 목소리가 들려왔다.

"컨셉트를 '친근한 영웅' 쪽으로 맞춰보는 건 어떨까?"

로빈의 힘찬 목소리가 부메랑처럼 날아 돌아왔다.

"이를테면 바나나맨(Banana-Man) 같은 것 말이지!"

"겉은 노랗다, 그러나 속은 희다. 그거야말로 우리의 컨셉트에 딱 맞는 이름이군. 좋아, 다들 어때?"

모두가 동의를 뜻하는 박수를 쳤기 때문에, 그 순간 결정이 난 것이나 다름없었다. 바나나맨이라…… 홀로그램이 만들어내는 바나나맨의 몇 가지 이미지타입 속에서, 나는 영웅으로서의 내 이름을 가만히 되뇌었다. 심장 속에서, 거대한 핵잠수함이 해치를 닫으며 출항하는 소리가 들려왔다. DC 코믹스에 전화를 걸어! 동맥의 연해 속으로 잠수하던 나의 잠망경이 포착한 것은 바로 그, 슈퍼맨의 외침이었다.

돌이켜보면 모든 것이 운명이었다.

1979년의 그날 내가 자살을 결심한 것도, 슈퍼맨이 마침 한국의 상공을 날고 있었던 것도, 그가 날 구해준 것도, 내가 정의의 본부에 들어오게 된 것도, 내가 영웅들의 친구가 된 것도, 그리고 다른 무엇보다 내가 바나나맨이 된 것도……

물론 진정한 영웅이 되기 위해선 수많은 시련을 거쳐야 했다. 하지만 나는 그 꿈을 포기하지 않았고, 한시도 바나나맨이 되기 위한 훈련을 게을리하지 않았다. 나는 배트맨의 조언에 따라 '신체개발 5개년 계획'을 수립해 신체개발에 힘썼고, 슈퍼맨의 조언에 따라 남미의 'School of America'*에 입학, 강도 높은 군

---

* 중남미 지역의 통제를 위해 미국이 설립한 군사학교. 이곳 출신의 군부세력들이 중남미 각국의 군사정권 쿠데타와 군사독재의 주역이 되었다.

사훈련을 받았으며, 닥터 윌슨으로부터 영웅이 반드시 알아야 할 철학과 과학의 사고체계를 습득하고, DC 코믹스의 크리에이터들이 지시하는 바나나맨으로서의 일거수일투족을 섬세하게 마스터했다. 그 모든 과정을 끝냈을 때 슈퍼맨은 나에게 영웅의 칭호와 함께 정식 시민권을 수여해주었다.

*

"축하해. 이제 자넨 영웅이야." 슈퍼맨이 얘기했다.
"이게 현실일까?" 내가 소리쳤다.
"물론." 다시 슈퍼맨이 말을 이었다.
"너의 영혼은 백인이니까."

*

1990년 3월 21일의 일이었다. 나는 영웅들의 축하 속에서 바나나맨의 심볼과 마스크, 강렬한 노란색의 특수복과 배트맨이 심혈을 기울여 제작해준 바나나스카이콩콩을 선물받았다. DC 코믹스의 사장은 새로운 영웅의 탄생을 선언하는 기념패를 제작했으며, 호외로 나의 프로필과 무척 과장된 활약상을 대서특필해주었다. 그 호외의 제목처럼 그야말로 '바나나맨의 탄생'이었다.

그러나 실제로,

바나나맨이 된 내가 제일 먼저 한 일은, 가까운 맥도널드에서 네 개의 빅맥세트와 로빈의 치킨버거를 산 후, 월마트에 들러 원더우먼이 부탁한 탐폰을 사오는 일이었다.

여러 가지로 사람들의 시선이 부담스러운 임무였다.

슈퍼맨, 용감한 힘의 왕자

안녕하세요, 슈퍼맨.

바나나맨입니다. 깜짝 놀라셨죠? 에 플루리부스 우눔*, 바로 저랍니다. 그간 잘 지내셨는지요. 아니, 건강하신지요. 아니 물론, 당신이 아프거나 못 지냈을 리 만무하지만, 아무튼 저는…… 그렇게 묻는 것입니다. 생각해보니, 도무지 어떤 안부도 지구 최강의 사나이와는 어울리지 않아, 이미 서두에서부터 진땀을 흘리는 중입니다. 그렇습니다. 어쩌면 안부란 것은, 약하고 평범한 인간들끼리 주고받는 일종의 위로가 아닐까, 란 생각

---

* E Pluribus Unum : 1달러 지폐의 도안에 새겨져 있는 '많은 것들로부터 하나' 라는 뜻의 라틴어. 영웅들간의 통신이나 서약에선 라틴어와 히브리어가 사용되는데, 이는 특히 슈퍼맨이 즐겨 쓰던 경구이자, 그의 수호문장(守護文章)이었다.

이, 당신께 보내는 편지를 시작하면서 강하게 드는 새벽입니다.

저는 잘 지내고 있습니다.

아마도 아실 거라 믿습니다만, 저는 지금 한국에 있습니다. 제가 송환된 것이 1997년 11월 21일이고, 편지를 쓰는 오늘은 2001년 9월 12일. 게다가 송환 직전의 정신병원 시절까지를 포함한다면, 제가 당신을 마지막으로 본 것이 무려 육 년 전의 일이라는 계산이 나옵니다. 돌이켜보니, 정말이지 육 년이란 세월이 흘렀습니다. 아주 오래 전 '키드'였던 저는, 이제 서른세 살의 청년이 되었습니다. 정말이지, 말입니다.

이곳에서 저는 영어강사 일을 하고 있습니다. 지난해에는 결혼을 했고, 정부가 보조해준 작은 아파트에서 큰 불편 없이 살고 있습니다. 이곳의 정부는 저를 귀순자로 발표했고, 그 요구에 협력한 대가로 저는 이런저런 보조를 받을 수 있었습니다. 아마도 난처하기는 그곳의 FBI나 이곳의 정부나 마찬가지였나봅니다.

그럭저럭, 저는 잘 지내고 있습니다. 아예 당신에 관한 얘기는 꺼내지도, 또 생각조차 않은 채 살고 있기 때문에, 이미 평범한 정상인으로 구분된 지도 오래입니다. 물론 마이애미의 설리번 (저를 담당했던 의사입니다) 씨가 안다면 치를 떨 일이지만, 어쩔 수 없는 일이라고 생각합니다. 또 이곳에선, 그 누구도 당신과 영웅들을 거론하지 않으니까요.

한국인들은 대개 바쁩니다. 아주 많은 일들을 아주 부지런히 해치우고, 또 그래야만 살 수 있는 곳입니다. 그저 그들을 따라가기만 해도…… 아닌게 아니라, 저조차도 당신을 거의 잊은 채 살아가고 있습니다. 저로선 여간 다행한 일이 아닐 수 없습니다. 그렇지 못하다면, 아마도 잘 지낸다는 말 따위를 당신에게 할 수는 없었겠지요.

그렇습니다. 저는 늘 당신이 그립습니다. 당신을 비롯한 영웅들과, 그곳의 모든 것들이 말입니다. 힘을 모아 지구를 지켜나가던 그 행복하고 뿌듯했던 시간들을 저는 영원히 잊지 못할 것입니다. 슈퍼맨, 특히 당신은 저의 은인이자 영원한 우상입니다.

오랫동안 저는 이 순간을 기다려왔습니다. 본부의 'Mother'* 는 일반인의 접근이 불가능한 존재이고, 따라서 저는 닥터 윌슨의 자택과 그곳의 서버를 통해 이 편지를 당신에게 전할 생각입니다. 다행히 윌슨 박사의 외부 저택은 메릴랜드를 떠나지 않았고, 저는 그 유서 깊은 저택의 케이블코드를 이곳에서 열 수 있었습니다. 일 년 육 개월이 소요되는 작업이었고, 불과 열흘 전에야 겨우 성공할 수 있었습니다. 이제 남은 일은, 'Mother'의 눈을 피해, 부디 이 편지가 당신의 손에 닿기만을 간절히 바라고 또 바라는 것뿐입니다.

지금 저는 흥분해 있습니다. 이해해주시기 바랍니다. 저로선

---

* '정의의 본부'가 운용하는 슈퍼컴퓨터의 별칭. 이 세계를 관장하는 전지전능한 능력의 컴퓨터이다.

육 년 만에 영웅의 세계와 접촉을 시도하는 것이고, 지금의 제가 유일하게 믿을 수 있는 사람은 당신뿐이기 때문입니다. 아직도 저는 제가 어떤 이유로 그곳을 떠나야 했는지, 또 누구에 의해, 왜 정신을 잃은 채 그 병원의 옥상 위에 쓰러져 있어야 했는지 알지 못합니다. 믿을 수 없고, 믿기지 않는 그 일을 현실로 받아들이는 데 지난 육 년의 세월을 쏟아부어야 했습니다. 그리고 지금, 저는 이 편지를 쓰고 있습니다.

미리 밝혀둘 것은, 이 편지를 쓰는 목적이 그 자초지종을 알기 위함이 아니라는 것입니다. 육 년의 세월이 흘렀습니다. 이미 궁금한 것도, 의혹을 풀어야 할 뚜렷한 이유도 사라진 지 오래입니다. 단지 저는 그때의 추억을 되새기고 싶을 따름이며, 이 편지를 통해 제대로 된 작별인사를 당신께 고하고 싶었을 뿐입니다. 그것이 전부입니다. 즉 이것은, 당신을 향한 저의 회고록이자 마지막 인사가 될 것입니다. 운이 좋아, 행여 당신의 답장이라도 — 설령 단 한 줄이 씌어진 것이라 해도 말입니다 — 받게 된다면, 아마도 저는 행복한 여생을 보낼 수 있을 테지요.

그렇습니다. 지난 육 년간 가장 힘들었던 것은, 어쩌면 이 모든 기억들이 정말로 꿈일지도 모른다는 불안, 바로 그것이었습니다. 닥터 설리번이 설득한 것처럼, 또 이곳의 정부가 강요했던 것처럼 말입니다. 유리구두의 한 짝은 당신의 손에, 나머지 한 짝은 제 손에 있었습니다. 저는 너무 서둘러 왕궁을 빠져나온

신데렐라였고, 이미 마법은 사라진 지 오래입니다.

이곳 시각으로는 어젯밤, 그러니까 지난 11일 오후, 그곳에선 사상 초유의 자폭 테러가 있었습니다. 물론 세계무역센터가 주저앉는 충격의 순간을 저도 이곳에서 지켜보았고, 더불어 지금이 이 편지를 써야 할 적시라는 판단을 하게 되었습니다. 'Mother'의 신경이 그 일에 쏠려 있을 때, 그러니까 지금 현재, 바로 이 시각에 말입니다. 아마 이런 기회는 두 번 다시 오지 않을 거란 생각이 듭니다. 아시다시피 'Mother'를 상대로 요행을 바랄 순 없는 일이니까요. 그럼 지금부터, 저는 이 작은 소포를 차근차근 포장해나갈 생각입니다. 발신인의 이름은 닥터 윌슨이며, 당신의 사서함에 멤버스 메일로 도착될 것이며, 그 속에는,

곱게 포장된 한 짝의 유리구두가 들어 있을 것입니다.

*

보아라, 저것이 우리의 지구란다.

당신의 덕택으로 지구의 전경을 처음으로 보던 때의 감동을 저는 잊지 못합니다. 중앙통제실의 요원으로 갓 발탁된 1983년의 어느 날이었고, 마침 '비의 바다'* 지역에서 아메리카 전역

---

* 달 표면의 어두운 지역을 이르는 명칭. 이탈리아 예수회의 천문학자 G. B. 리치올리가 자신의 저서 『새로운 알마게스트 Almagestum novum』(1651)에서 처음으로

이 뚜렷이 드러난 지구의 북반구를 볼 수 있던 때였습니다. 아메리카예요, 우리의 아메리카. 흥분한 제가 소리치자 당신은 이렇게 말했지요.

그래, 에 플루리부스 우눔, 우리의 아메리카.

달은 언제나 당신의 조용한 휴식처였습니다. 사람들의 이목이 없는 그곳에서, 당신은 늘 '이 지구를 어떻게 지켜나갈 것인가'에 대한 영감을 얻는다고 했었지요. 이를테면 훗날 발표한 전략방위구상* 문제라든지 그레나다 침공과 같은 기발한 아이디어들을 말입니다. 팔짱을 낀 채, 서서히 이동하는 지구의 템포에 발맞춰 비의 바다를 거닐던 당신의 모습은 또 얼마나 멋진 것이었는지요.

때로 자전이 진행된 지구의 북반구에 소련이 모습을 드러낼 때면, 두근두근, 여리고 작은 제 마음속엔 한껏 위기감이 고조되곤 했습니다. 마치 이 세계에 드리워진 거대한 암운(暗雲)을 저는 보는 듯했고, 그럴 때마다 굳게 입을 다문 당신의 얼굴을 바라보며 마음을 달래곤 했었지요. 선과 악, 그랬습니다. 월면(月面)용 캡슐 속에서 바라보던 1983년의 지구는 그런 양면(兩面)의 동전과도 같은 것이었지요.

사용한 이름이다.

* Strategic Defense Initiative(SDI) : 별칭은 스타워즈. 앞으로 언제 일어날지 모르는 소련의 핵공격에 대비해 제안된 미국의 전략방어체제.

결단코, 그 오래된 동전이 부식하지 않을 수 있었던 것은 슈퍼맨, 바로 당신이 있었기 때문입니다. 한국에서 이탈리아에서 이란에서 쿠바에서 베트남에서 과테말라에서 도미니카에서 라오스에서 브라질에서 칠레에서 엘살바도르에서 니카라과에서 그레나다에서 레바논에서 인도네시아에서 캄보디아에서 파나마에서, 아니 이 지구의 전역에서 당신은 정의를 해치는 나쁜 무리들과 싸워왔습니다. 그것은 길고 오랜 전쟁이었고, 외롭고 고독한 전투였습니다. 어리석은 인간들은 언제나 나쁜 무리들의 꾐에 넘어가기 일쑤였고, 이 지구에서 '정의'를 알고 있는 인물은 오직 당신뿐이었습니다.

　만약 당신이 없었다면, 이 세계는 어찌 되었을까요. 생각하기만 해도 벌써 두려울 뿐입니다. 언젠가 당신이 일러주었듯, 배급품을 받기 위해 오 킬로미터가 넘는 줄을 서고, 밤마다 보드카로 주린 배를 채운 채 추위와 굶주림에 허덕여야 했겠지요. 어디 그뿐인가요. 군사훈련과 매스게임에 동원되어 날마다 채찍질을 당하고 있을지도 모를 일입니다. 맙소사, 코크와 맥도널드도 없이, 영하 사십 도 속에서 말입니다. 잠깐, 실례하겠습니다.

*

　화장실엘 다녀왔습니다.

코드가 계속 열린 상태여서, 당신이 보게 될 전문(電文)에는 한참의 여백이 생겼을 겁니다. 죄송합니다. 요즘 극심한 설사에 시달리기 때문인데, 아마도 바쁘고, 전철을 타고, 늘 뭔가를 참아야 하는 이곳의 생활이 원인이 아닐까 싶습니다. 어쨌거나 황당한 여백 끝에 문득 설사라니, 그저 죄송할 따름입니다. 앞으로는 조심하겠습니다.

자유세계의 구세주인 당신이 지구에 온 것은 1938년이었습니다. 미국이 가장 힘들었던 대공황기의 말미였고, 프랭클린 루스벨트의 임기가 중반에 이르렀을 무렵이며, 제2차세계대전이 인류의 코앞에 닥쳐 있던 암울한 시절이었습니다. 그리고, 당신이 나타났습니다.

바로 이 지구를, 지키기 위해서였죠.

평범한 인간들은 제리 시겔(Jerry Siegel)과 조 슈스터(Joe Shuster)라는 십대의 만화가 두 명이 당신을 탄생시켰다고 말합니다. 또, 당신은 클립톤 혹성에서 온 정의의 사자이며, 평상시에는 데일리 플래닛 소속의 소심한 신문기자 클라크 켄트로 살아간다고 생각합니다. 심지어는, 당신이 정말 1992년에 죽었다고 믿는 이들도 이 세상에는 부지기수입니다. 물론, 그들은 오로지 만화 속의 당신만을 생각할 뿐입니다.

저는 늘 궁금했습니다.

성경 속의 예수를 믿는 이들이, 왜 만화 속의 당신을 믿지 않는지. 또 당신의 은혜 속에서 살아가는 인간들이, 왜 당신의 실체를 확인하려 들지 않는지를 말입니다. 물론 그 모두가 당신의 배려였다는 사실을 안 것은 오랜 시간이 지난 후였습니다. 그렇습니다. 평범한 우리가 혼란에 빠지지 않도록 당신은 늘 보이지 않는 곳에서 당신의 힘을 사용해왔습니다. 빛보다 빠르게, 소리소문 없이, 그야말로 나쁜 무리들을 해치워온 것이지요. 물론 우리를 위해, 이 평화로운 자유세계를 위해서 말입니다.

탄생과 더불어 당신은 제2차세계대전을 승리로 이끌었습니다. 특히 히로시마와 나가사키를 전소시킨 원폭(原爆)은, 지구의 모든 인류에게 당신의 힘을 보여준 찬란한 위업이었습니다. 물론 사람들은 그 실체가 두 발의 폭탄이었다고 역사에 기록했지만, 저는 알고 있습니다. 실은 그것이 성층권에서 휘두른 당신의 원투 스트레이트였음을 말입니다. 마찬가지로, 수십만의 인명 피해가 있었다는 기록 역시 잘못된 것임도 알고 있습니다. 그때 죽은 것은 인간이 아니라 원숭이들이었다고, 당신은 제게 살짝 귀띔해주었었지요.

단 두 방의 펀치로 당신은 전쟁을 종식시켰습니다. 인류의 역사에서 그 정도의 힘을 지닌 영웅이 등장한 것은 처음 있는 일이었고, 이미 그때부터 지구의 운명은 당신의 손에 맡겨져 있었다 해도 과언이 아닙니다. 용감한 힘의 왕자인, 당신에게 말입니다.

*

그건 운명이었어. 명백한 운명이었지.

언젠가 당신은 그런 말을 했습니다. 저 역시 이하동문입니다. 신은 이 지구의 정의를 지키는 일에 당신을 선택했으며, 책임감이 강한 당신은 주저 없이 자신의 운명을 받아들였습니다. 어디 그러기가 쉽나요? 새벽에, 편지를 쓰다 설사를 하고, 그래서 쓰린 항문으로 다시 자리에 앉아 편지를 쓰고 있는 노란 얼굴의 인간으로서는, 어쨌거나 그런 생각이 들게 마련인 것입니다. 명백하게, 말입니다.

'주요 지역(Grand Area)'*이 설정된 것은 그 무렵입니다.

전쟁으로 인한 인력과 군수품의 수요가 늘어나고, 대공황은 막을 내리고, 번영의 물결 속에 모두가 안도의 한숨을 내쉬던 때였습니다. 당신은 이미 그 무렵부터 '새로운' 나쁜 무리의 존재를 파악하고 있었고, 더불어 그들로부터 당신이 지켜야 할 주요 지역의 경계를 구축하기 시작했습니다. 이 얼마나 놀라운 예견(豫見)이었는지요. 또 그 속에 초라한 저의 고국(故國)이 속해 있었던 것은 얼마나 다행스런 일이었는지요.

아니나 다를까, '새로운 나쁜 무리'들은 쉴새없이 그 경계를

---

* 제2차세계대전중 미 국무성과 외교위원회가 전후 세계의 청사진으로 계획·설정한. 미국의 경제적 요구에 종속되어 움직일 광범위한 지역의 명칭.

넘어서려 했습니다. 두 번 다시 떠올리기 싫은 그들의 이름은 바로 빨갱이였습니다. 가까스로 제국주의를 물리쳤는데 이번엔 빨갱이가! 그래도 당신은 이 지긋지긋한 별을 떠나지 않았고, 명명백백한 지구의 영웅답게 지구 전역에서 그들과 싸워나갔습니다. 길고 지루한 전쟁이었습니다. 만화의 상징을 빌리자면 놈들은 렉스 루더*였고, 역시 클립톤나이트**에 해당될 빨갱이들의 자주정부는, 당신의 말 그대로 이 세계의 암(癌)이었습니다. '정의'도 모르는 것들이 자주정부라니, 저는 그저 난감할 따름이었습니다. 뭐야, 이건 너무하잖아.

닥터 윌슨의 세계사강의는 늘 저에게 그런 의문을 품게 만들었습니다. 왜 신은 당신의 손에 시원스레 이 세계를 맡기지 않는건지, 또 당신은 원숭이들을 죽였을 때처럼 왜 원자 펀치를 사용하지 않는지를, 말입니다. 말 그대로 '키드'였던 저는 어느 날 닥터 윌슨에게 그 이유를 물었고, 닥터 윌슨은 그럴 줄 알았다는 표정으로 이런 대답을 해주었습니다.

애야, 물론 슈퍼맨에겐 충분한 힘이 있단다. 빨갱이들뿐 아니라 이 지구를 통째로 없애버릴 만한 힘이! 하지만 생각해보렴. 만약 전쟁도 없이 그들을 쓸어버린다면 우리나라의 경제는 어

---

* 슈퍼맨의 라이벌이자 지구 정복을 꿈꾸는 악당.
** 슈퍼맨의 고향 행성인 클립톤 별의 유성 파편. 슈퍼맨의 힘을 잃게 하는 방사능을 유출, 슈퍼맨의 유일한 약점으로 알려져 있다.

떻게 되겠니. 이 땅의 군수산업은, 또 군수산업과 연결된 모든 기간산업들은 말이다. 또 우리의 경제가 흔들리면 그 밑에 딸려 있는 자유세계의 경제도 보통 문제가 되는 게 아니란다. 슈퍼맨은 그 모든 것들을 아울러 판단해, 이 세계를 지켜나가는 것이란다.

아아, 저는 눈물이 났습니다. 적과의 싸움에 임하면서도 조국과 자유세계의 경제를 걱정하는 당신의 뒷모습은 또 얼마나 아름다웠는지요. 그런 배려에 힘입어 우리의 아메리카는 눈부신 번영을 더해갔고, 덩달아 자유세계의 국가들도 분에 넘치는 발전을 거듭할 수 있었지요. 이는 모두, 귀찮아도 전쟁을 해주신 당신의 덕분이 아니고 무엇이겠는지요.

"잘 봐두렴."

그레나다의 해변에서 당신은 제게 말했습니다. 1984년의 가을, 이미 일 년 전에 그곳의 빨갱이정부를 당신이 소탕한 다음의 일이었지요. 빅토리아 해안의 모래사장은 평화롭고 평화로웠으며, 멀리 세인트캐서린 산의 정상에는 코코넛 열매를 닮은 서인도제도의 해가 무척이나 단단한 느낌으로 걸려 있었지요.

"뭘요?"

"둘러봐, 이곳은 정말 작은 나라란다."

과연 그레나다는 작은 나라였습니다. 국경의 끝에서 끝까지 자동차로 이십 분밖에 걸리지 않는 작은 섬이었지요.

"그래서요?"

"이런 나라의 일에까지 내가 직접 나서는 게 이상하게 생각되지 않니?"

"하긴, 이렇게 작은 빨갱이나라가 있다 한들 뭘 어쩌겠어요."

"명심하렴. 썩은 사과 한 개가 사과상자 전체를 썩게 만든단다."

"전체를요?"

"그래. 이 세계는 거대한 사과상자와 같단다. '정의'를 지키는 일은 그 상자 속의 사과 하나하나를 모두 지키는 것과 다름없는 일이야. 영웅이 되고 싶다면 너도 그것을 명심해야 해. 알겠니?"

"네, 그런데 썩는 것이 반드시 나쁜 것만은 아니라고 윌슨 박사가 그러던걸요."

"아마도 그건 자연이나 환경에 관한 얘기였겠지. 지금 내가 하는 말은 우리의 손익(損益)과 본분에 관한 것이란다."

"손익이라구요?"

"그래, 두고두고 사과를 하나씩 꺼내먹어야 하니까. 만약 상당수가 썩어버린다면, 우리 대신 누가 그걸 먹겠니? 바로 벌레겠지? 그러니까 우리가 먹을 걸 빼앗기는 게 되는 거란다. 사과야 어떻게 된다 쳐도, 그걸 빼앗긴다는 건 참을 수 없는 일이지. 그래서 지구 위에 어떤 나라가 생긴다면, 일단은 그 나라를 '정의'의 편으로 만들어야 하는 거야. 만약 그러지 못하면, 썩어버리거나 나쁜 무리들의 먹이가 될 게 뻔하니까."

"빨갱이요?"

"그래, 빨갱이! 그래서 그 모든 나라들과 관계를 맺어야 하는 거야. 그건 우리의 사과를 상자에 담는 일이고, 그 사과를 썩지 않게 보관하는 일이란다. 알겠니? 그리고 이 지구를 위해서도 그것은 반드시 필요한 일이란다."

"지구를 위해서요?"

"물론이지. 이를테면 석유를 생각해보렴. 또 그 외의 모든 자원들을 말이다. 만약 소련이 어떤 나라를 차지해버린다면 어떻게 되겠니? 그 나라의 자원은 모두 나쁜 일을 하는 데 쓰여 고갈되고 말겠지? '정의'를 위해 쓰여야 할 자원이 나쁜 일을 하는 데 쓰인다는 건 보통 아까운 게 아니지. 또 그건 이 지구의 환경과도 관련이 있는 일이기도 하고."

"아아, '정의'를 지키는 일은 생각보다 복잡한 것이군요."

"물론. 그래서 힘이 필요한 것이란다."

"힘?"

"그래, 힘! 힘은 곧 '정의'와 같은 것이란다. 소련의 가장 나쁜 점이 무엇인지 아니? 더럽고 추잡한 빨갱이들의 사상? 아니, 그건 두번째에 불과해. 뭐니뭐니해도 가장 용서할 수 없는 건 나와 맞먹는 힘을 가지려 드는 것이란다. 그건 정말 위험한 일이지."

"서로 의논을 해보는 건 어떤가요?"

"절대 안 돼. 그건 타협의 문제가 아니란다. 왜? 내가 가진 힘을 한번 생각해보렴. 그건 이 지구를 송두리째 파괴할 수 있는 것이란다. 그러니까 나 외의 존재가 그런 힘을 가져서는 안 되는 거야. 나라면 안심할 수 있지. 왜? 내가 곧 이 세계의 '정의'니까."

"그렇군요."

"이제 '정의'의 실현이 어떤 것인지 좀 알겠니? 그건 결국 지구 전체를 주요 지역으로 만드는 것이란다. 즉, 썩는 사과가 하나도 없는 거대한 사과상자를 가지는 것이지."

"만약 그래도 썩는 사과가 생기면요?"

"싸워 무찔러야지."

*

배가 고파 햄버거를 하나 데워왔습니다. 아내는 늘 충분한 양의 빅맥을 냉장고에 비축해둡니다. 이유야 물론 저의 '햄버거 불안증' 때문이고, 말 그대로 저는 햄버거가 떨어지면 못 견디는 식성입니다. 약간의 여백이 또 생겼겠지만, 코드 해독의 번거로움 때문에 연결을 끊을 수 없었습니다. 맙소사, 설사를 하

질 않나, 또 다음엔 햄버거라니, 부끄러울 따름입니다! 하지만
그저 이곳의 여건이 그러려니, 이해해주시기 바랍니다. 먹고사
는 문제가 힘든 곳에선 먹고 싸는 문제도 장난이 아니거든요.

참, 그러고 보니 이곳의 생활에 대해선 한마디도 쓰지 않았습
니다. 예나 제나 두서가 없기는 마찬가지이고, 갈팡질팡도 역시
나입니다. 정말이지 저 같은 인간이 영웅을 꿈꾸었다니, 스스로
생각해도 어처구니가 없을 따름입니다. 그러니까 주제파악이랄
까, 그런 것이 이제야 겨우 가능해진 셈입니다.

이곳은 (실은 쓸 얘기도 없습니다만) 최악입니다. IMF의 위기
를 넘겼다고는 하지만, 실은 꾸역꾸역 살아야 할 시간만이 남아
있을 뿐입니다. 물론 저는 예외입니다. 어떤 상황이 닥친다 해
도 그렇습니다. 저에겐 '잉글리쉬'가 있으니까요.

덕분에 몸은 고달프지만, 생활은 비교적 안정적인 편입니다.
그만큼 이곳은 영어를 배우려는 사람들로 넘쳐나고, 또 영어를
배우지 않으면 살 수 없다고들 굳게 믿고 있기 때문입니다. 실은
돈이 좀 모이는 대로, 아내와 함께 유학안내를 겸한 이민알선사
무소를 열 계획도 세워두었습니다. 기회만 오면 미국을 다녀오
겠다고, 여건만 되면 미국에서 살고 싶다고, 모두가 입버릇처럼
말하고 있습니다.

'바나나 이민투자주식회사.'

어떻습니까? 그럴듯하지 않습니까? 아무튼 이곳은, 그런 세

계화를 향한, 거대한 열기와 에너지로 둘러싸여 있습니다. 열심히 영어를 공부하는 어린이들과, 모든 문화의 흐름, 또 안보의 체계랄까 그런 문제들과, 나스닥에 틀림없이 연동하는 주식시장을 보고 있노라면, 과연 그랜드 에리어의 한복판에 내가 서 있구나, 하는 생각이 절로 들 정도입니다.

그리고 저는 생각하는 것입니다.

이제 신은, 비로소 이 세계를,

당신의 손에 맡긴 듯하다고 말입니다.

*

오래 전에도, 그런 느낌을 받은 적이 있습니다. 소련이 무너지던 바로 그 순간이었지요. 저는 환호성을 질렀고, 와락, 중앙통제실을 들어서는 당신을 끌어안았고, 왈칵, 저도 모르게 뜨거운 눈물을 흘리고야 말았습니다. 결국 신은 당신의 손을 들어주었다는 생각, 또 당신이 이 지구를 구했다는 생각에 그만 목이 메고야 만 것입니다.

어쩌면 '정의'의 실현은 이미 그때부터 예정된 것이었는지도 모르겠습니다. 뭐가 문제겠습니까. 이 세계의 구세주인 당신이 이 세계의 창조주가 된다 한들 말입니다. 또 어차피 이 세계는 햄버거와 같은 형태의 것이 아니겠는가, 라는 생각도 드는 것이니까요. 고대의 인도인들이나 수메르인들이 믿었던 것들, 이를테면 거대한 뱀이 거북을 받치고 있고, 그 거북은 네 마리의 코끼리를 떠받치고, 그 코끼리들이 다시 지구를 받치고 있다든지, 하늘에는 눈에 보이지 않는 신들이 있는데 이 신들이 지상에서 일어나는 모든 사건에 영향을 끼친다든지, 하는 것들처럼 말입니다.

그러니까 누군가는 ─ 뱀과 거북과 네 마리의 코끼리가 떠받친 지구의 중심에 솟아 있는 ─ 수미산의 정상을 관장하게 마련이란 말입니다. 그렇습니다. 아마도 그 세계의 완성이, 오래 전 당신이 말씀하신 그 '정의'의 실현이 아니겠냐는 생각을, 지금의 저는 조심스레 해보는 것입니다. 세계는 변하지 않았습니다. 단지 그 중심의 산 이름이 알프스에서 히말라야로, 히말라야에서 록키로 변해온 것이겠지요. 환영, 환영, 대환영입니다. 지구 전체가 그랜드 에리어에 속하는 그날이 오기만을, 저도 이곳에서 간절히 기도드리겠습니다.

어제의 테러는, 그래서 정말이지 유감스러운 사건이었습니다. 네, 충격이라기보다는 그저 유감이었습니다. 뭐랄까, 햄버거를 씹는데 그만 피클 한 조각이 더러운 모습으로 테이블 위에 떨어지는, 그런 기분 말입니다. 당신에게 충격이 있었다면, 아직도 그런 나쁜 무리가 이 지구에 남아 있다는 사실이겠지요.

젠장, 그래도 썩는 사과가 있었단 얘깁니다.

그런데 이상하게도, 저는 무역센터를 향해 돌진하는 여객기의 모습에서 언뜻 당신의 모습을 보는 듯했습니다. 물론 그 엄청난 폭발력도 당신의 힘에 비한다면 조족지혈에 불과하겠지만, 뭐랄까 그래서 저는 그 무모함의 근원을 다시금 깨닫게 되는 것입니다. 즉 남아 있는 '나쁜 무리'들은 분명 당신을 닮아가고 있으며, 또 일종의 내성(耐性)마저 생기는 게 아닐까, 라고 말입니다. 평범한 인간인 그들이 그렇게 변한 이유는 무엇일까요. 무엇이 그들에게 그런 터무니없는 생각을 심어준 것일까요. 잘은 몰라도, 저는 그것이, 당신이 너무 '슈퍼'하기 때문이라고 생각합니다. 네, 당신은 너무 슈퍼합니다. 어쩌면 이 지구는 우리와 당신이 함께 살기엔 너무 작은 별인지도 모르겠습니다. 그저 지구인의 한 사람으로서, 그래서 저는 당신께 죄송할 따름입니다. 죄송합니다.

별이 작아 죄송합니다.

물론 제 잘못은 아니지만 말입니다.

*

날이 새려 합니다. 또다시 왕궁에서 도망치는 서글픈 심정으로, 이 두서없는 편지를 접어야 할 것 같습니다. 어떤 노력을 기울여도, 결국 마지막이란 이런 것인가봅니다. 한 짝의 유리구두만을 신은 채 허겁지겁 달려온 사람의 발자국처럼, 저의 마지막 인사는 이토록 산만하고 어지러울 따름입니다. 부디 이해해주시기 바랍니다.

또다시 곤란한 '안부'를 전해야만 하겠군요. 쉽게, 인간적으로 쓰겠습니다. 부디 잘 지내시기 바랍니다. 저도 이 그랜드 에리어의 세계 속에서, 열심히 살아가겠습니다. 참, 로빈은 어떻게 되었는지, 내내 궁금할 따름입니다. 또 모두가 보고 싶다고, 모두를 사랑한다고, 아니 그 변함없는 진실을 당신만은 알아주시기 바랍니다. 또 저는, 영원히, 당신을 잊지 않을 거란 사실을 말입니다. 오직 그것만이 저의 순수한 바람입니다.

이제 잠을 청해야겠습니다. 눈을 뜨면 다시 정신없는 일과가 시작될 것입니다. 다음주부터는 그만 새벽반까지 맡아버려, 이래저래 수면의 컨트롤도 큰 고민거리입니다. 설사는 더 심해질 테고, 사는 문제도 싸는 문제도 더더욱 골치가 아파질 전망입니다. 네, 모쪼록 잠을 자둬야겠습니다.

힘의 왕자인 당신과는 달리,

저에겐 열심히 일해야 할 앞날이 남아 있으니까요.

2001년 9월 12일
당신의 친근한 벗 바나나맨으로부터

배트맨 로빈, 정의의 용사

체크.

별 생각 없이 비숍을 밀 때만 해도, 그게 체크메이트*가 되리라고는 생각지 않았다. 그러니까, 무심코 체크를 부른 건데, 그만 끝장을 봐버린 것이다. 그만 나는 사색이 되어버리고 말았다. 상대는 부르스 웨인이었던 것이다.

꿀꺽.

로빈의 목에서 침을 삼키는 소리가 들렸다. 나는 침 정도가 아니라, 비숍을 밀었던 왼손이라도 잘라서 삼키고 싶은 심정이었다. 웨인의 표정에는 변화가 없다. 그래서 더 무섭다. 그렇다고

---

* 체스에서 장군을 뜻하는 말. 그중에서도 체크메이트는 외통수의 장군을 가리키는 용어로, 게임의 끝을 의미한다.

패배를 시인하는 것도 아닌, 아무튼 얼음 같은 표정이다. 단지 앵글로-색슨 특유의 각진 턱 안에서 뭔가 뿌드득, 하는 소리가 나는 듯한 느낌이다. 내가 소심하다고 여길지는 모르겠으나 그 상태로 십 분째다. 그러니까, 체크를 부른 게 십 분 전의 일이란 말이다.

"잘못했어요."

결국 나는 울음을 터뜨린다. 흉하게도 콧물이 범벅이 되어 나왔으나 일부러 내버려둔다. 처절해 보여서 손해볼 건 없다. 아예 곡(哭)이라도 하는 게 더 좋을지도 모른다. 투명한 의지로 순수하게 울어야 한다. 조금이라도 머리를 굴린 흔적을 비쳐선 안 돼, 가 아니라 정말 무서운 것이다. 결국 곡을 했다. 그제서야 웨인이 자리에서 일어난다. 살짝, 살얼음의 균열 같은 엷은 미소가 그의 입가에 번진다. 얼음의 균열 사이로, 무수한 경멸과 혐오 같은 것들이 일단의 빙어(氷魚)떼처럼 무리지어 헤엄을 치는 게 엿보인다. 뚜벅뚜벅. 유색 인종을 싫어하고, 패배를 죽음보다 싫어하는 무서운 남자가 내 곁을 스쳐 지나간다. 꿀꺽. 로빈의 목에서 다시금 침을 삼키는 소리가 들려왔다.

살았다.

*

  아마도 그것이, 부르스 웨인을 설명하는 가장 쉬운 일화일 것이다. 지극히 사소한 체스게임이었고, 앞서 말했듯 별 생각 없이 부른 체크였다. 그 순간 내가 체크(check)하지 못한 것은, 내가 황인종이란 사실, 그리고 상대가 부르스 웨인이라는 사실이었다. 결국 일어나선 안 될 일이 일어난 것이다.

  배트맨-부르스 웨인은 그런 남자다. 차갑고, 냉정하고, 무섭다. 그날의 체스 이후, 나는 가능하면 그와 마주치지 않으려 애를 썼다. 혹 밀폐된 곳에 단둘이 있게 된다면, 무슨 일을 당하게 될지 알 수 없었기 때문이다. 누구보다도, 로빈이 강력하게 충고해주었다. 누구보다도 배트맨을 잘 아는 로빈이다.

  "녀석의 특기는 '마운틴'이야."

  "'마운틴'?"

  "그래, 안 당해본 사람은 그 고통을 알 수 없지. 말도 마."

  로빈이 세차게 고개를 가로젓는다. 뭔가 끔찍한 악몽이라도 털어내려는 듯한 몸짓이다. 뭔가 끔찍한 악몽의 결정체와 같은 흰 가루들이 머리에서 떨어진다.

  "맙소사, 비듬이잖아! DC의 크리에이터들이 알면 어쩌려고 그래, 로빈?"

  "어쩌긴 뭘 어쩌겠어? 그리고 아직도 모르겠니, 이 바보야!

우린 들러리야. 영웅이고 뭐고 아무것도 아니라고. DC의 크리에이터들이 신경이나 쓸 거 같아?"

DC의 크리에이터들이 지정해준 바나나맨의 토킹 포즈를 취하며 나는 말했다.

"(우선 왼손으로 턱을 괴다가) 그래도 비듬이란 건…… (그 손을 일직선으로 쭉 뻗으면서) 영웅이 가져선 안 되는 것들 중의 하나라고 생각해. (허리를 활처럼 뒤로 젖힌 후) 나는 뭐랄까, 그런 관리는 누군가가 해주는 게 아니라 (골반을 튕겨 웨이브를 주며) 스스로 책임져야 하는 거라는 생각이 강하게 드는데……"

"놀고 있네, 비데 사용법도 모르던 놈이!"

그만 말문이 막혀, 나는 얼굴이 붉어졌다. 정의의 본부에 처음 왔을 때의 일이었다. 말 그대로 나는 비데의 사용법을 몰라, 한 며칠 똥딱지를 붙이고 다녔었다. 그걸 알아챈 사람이 로빈이었다. 로빈은 후각이 예민하다.

나는 다시 DC의 크리에이터들이 지정해준 바나나맨의 고민 포즈를 취하며 말했다.

"(우선 얼굴을 감싼 채 주저앉은 다음) 그건 어쩔 수 없는 일이었다고…… (양손을 머리에 붙이고) 몇 번이나 말했잖아. (머리카락을 움켜쥔 후) 우리나라는 개발도상국이었고, (바나나 껍질을 벗기는 시늉을 하며) 나는 수세식 화장실도 구경을 못 했던 거라고…… (우뚝 일어선다) 가난은 부끄러운 게 아니라……"

그저 불편한 것이라는,

되도 않은 말을, 하려다, 말았다.

로빈은 울고 있었다.

*

"'마운틴'은 일종의 통치행위야. 원래는 침팬지들의 무리에
서 우두머리가 자신의 지위를 과시하기 위해 취하는 행동을 일
컫는 말이지. 수컷 암컷을 가리지 않고 엉덩이를 내밀게 한 다음
뒤에서 섹스의 동작을 취하는 거야."

"뭐야, 그건 후배위(後背位)잖아?"

"아니, 일종의 통치행위야."

*

결국, 그 '마운틴'을 나도 보게 되었다. 국제무역기구(WTO)
창설을 위한 막후회담이 정의의 본부에서 한창 진행되고 있던
1994년의 일이었다. 모습을 드러내지 않을 뿐 실질적인 의장이
나 다름없는 부르스 웨인이 단상에 올라섰다. 반듯하게 연설문
을 내려놓은 그는, 차가운 표정으로 홀을 한 번 둘러본 후 손가
락으로 로빈을 지목했다. 까닥까닥. 즉각 로빈이 단상 위로 올

라갔다. 그리고 엎드렸다. '마운틴'이 시작되었다.

퍽 퍽 퍽 퍽.

그것은 대단한 소리였다. 한 손으론 연설문을 넘기며, 또 한 손으론 로빈의 허리를 잡은 채 웨인은 '마운틴'에 몰입했다. 물론 입으로는, 쉴새없이 연설문을 낭독하고 있었다. 뭐랄까, 직접 눈으로 보고 나니 그것이 후배위가 아니라, 확실한 통치행위임을 어렴풋이나마 짐작할 수 있었다. 회의장은 마운틴*의 정상에서 흘러내린 물 같은 것이 고여 금세 고요의 바다가 되어버렸고, 특히 유럽의 대표들은 얼이 빠진 표정이었다. 연설은 끝이 났다.

짝 짝 짝 짝.

회담의 참석자들이 일제히 일어나 박수를 쳤기 때문에, 진행요원으로 서 있던 나마저도 엉겁결에 박수를 쳤다. 뭐랄까, 웨인의 '마운틴'에는 분명 그런 힘이 있었다. 곧이어 뭔가 애매한 의제(議題)를 놓고 찬반투표 비슷한 것이 실시되었는데 결과는 만장일치였다. 감사하다는 말을 끝으로 웨인이 단상을 내려오자, 다시 우레와 같은 박수가 터져나왔다.

단상을 내려온 것은 웨인만이 아니었다.

로빈은 울고 있었다.

---

* 생물학에서 말하는 침팬지 우두머리의 지배행위 외에도 마운틴은 일반적 의미의 산봉우리란 뜻으로 더 많이 사용된다.

"이해할 수 없어. 정말 고약한 취미야!"

로빈에게 어떻게 위로의 말을 해야 할지 몰라, 나는 버럭 소리를 질렀다. 영웅 로빈의 개인 벙커 속이었고, 그 속엔 우리 둘뿐이었다. 벙커라고 한다고 해서 군대시설 같은 걸 생각하면 곤란하다. 말인즉슨, 호텔의 스위트룸과 같은 분위기이기 때문이다. 특히 로빈의 벙커는 코넬대학 소속의 일 년차 치어리더의 방처럼 요란하다.

말인즉슨, 외장(外裝)의 보호장벽을 일컫는 뜻에서 영웅들의 방을 '벙커'라 부르는 것인데, 바로 그런 이유로 사적인 이야기를 나눌 때엔 벙커를 이용했다. 흐느끼는 로빈의 모습이 요란한 벙커의 인테리어 때문에 더욱 슬퍼 보인다. 뭐랄까, 디즈니랜드의 꽃동산에서 치러지는 장례식 같은 걸 지켜보는 기분이다.

"울지 말라니까."

삼가 명복을 빌듯, 내가 말했다.

"바보, 이 세계는 이미 끝장이야."

삼가 명복을 빌듯, 로빈이 말했다.

*

    죽음의 산에서 내려온 로빈은 치어리더의 방처럼 요란한 그 벙커 속에서 많은 얘기를 늘어놓았다. 확실히 필요 이상의 이야기들이었다고, 지금 나는 생각한다. 쿼터백에게서 버림받은 치어리더였다 해도, 그토록 많은 말들을 늘어놓지는 않았을 것이다. 그래, 모두가 '마운틴' 때문이었다. 이 세계의, '마운틴' 말이다.

*

    모든 건 놈의 머릿속에서 나왔어. 국제통화기금(IMF)도, 곧 창설될 국제무역기구(WTO)도 모두 놈이 만들어낸 시나리오지. 결국, 놈이 원하는 건 이 세계를 '마운틴' 하는 거야.

    뭐랄까, 나로서는 도무지 납득이 가지 않는 말이었기에 대충 머릿속에 그려진 그림은 다음과 같은 것이었다. 세계의 모든 남녀들이 엎드려 있고, 그 뒤를 돌아가며 '마운틴'을 해대는 부르스 웨인의 땀 흘리는 모습, 말이다. 물론 섹스와는 달리 '마운틴'은 옷을 입은 채 하는 것이지만, 그렇다 쳐도 보통 힘든 일이 아닐 것 같았다.

    "그게 가능할까?"

    "바보, 이미 끝장이 났다니까."

"아, 그래서 그만큼 바쁜 것이구나."

평소의 의문 한 가지가 그제서야 풀리는 것 같았다. 실제로 배트맨의 복장을 한 부르스 웨인을 나는 한 번도 본 적이 없었다. 그는 언제나 고급스러운 정장 차림이었고, 슈퍼맨과 원더우먼과 아쿠아맨이 바쁜 것을 합쳐놓은 것보다 갑절은 더 바쁜 인물이었다. 도대체 뭘 하는 걸까, 나는 내내 그것이 궁금했다. 그랬구나, 그랬던 것이구나. 그리고 이 세계의 인간들은 꽤나 불쾌한 기분으로 살아가겠구나, 라는 생각이 드는 것이었다.

아무리 생각해보아도, 그런 일을 당한 사람이 제대로 된 인생을 살아가기는 힘들다는 생각이 들었다. 눈앞에서, 그 대표적인 예―로빈이 머리를 쥐어뜯는다. 저 봐, 저렇다니까.

"놈은 절대로 싸우거나 하지 않아. 정말이야. 놈의 싸움은 DC의 크리에이터들이 만들어낸 프로파간다에 불과해. 하기야 놈이 그럴 수 있는 건 다 슈퍼맨이 있기 때문이지. 일종의 역할 분담이라고 생각하면 쉬울 거야. 예를 들자면, 어떤 나라가 있다. 우선 슈퍼맨이 나서서 우리의 뜻을 거스르는 무리들을 싹 쓸어버리는 거야. 왜? '정의'를 모르는 나쁜 무리들이니까. 그리고 싸움으로 궁핍해진 그 나라에 당분간 주둔하며, 구호물자를 보내주는 거야. 왜? 우리는 '정의'의 사자니까. 그러고 나면 놈이 나서는 거지. 한 무더기의 돈을 들고."

"돈?"

"물론이지. 놈의 목표는 '마운틴'의 관계를 확립하는 것이니까. 그 가장 좋은 방법이 돈을 이용하는 것이거든. 물론 아주 복잡한 일이지만 또 그게 놈의 전공이야. 어쩌면 가장 대단한 능력일 수도 있지. 생각해봐, 왜 이곳의 리더가 배트맨으로 교체되었는지를. 지금 현재로선 놈이 최고의 영웅이기 때문이야. 왜? 돈이 힘인 세상이니까. 그런 의미에서 놈이야말로 최고의 영웅이라 할 수 있지. 이 세계의 돈은 대부분 놈의 것이니까."

"그러니까, 돈으로 '마운틴'을 한다고?"

"물론이지. 그게 가장 간편한 방법이거든. 놈은 늘 입버릇처럼 말하곤 해. 그 '관계'만 정립해놓으면 언제든 자기 맘대로 '마운틴'을 할 수 있는 거라고. 자유세계는 대부분 그 관계가 정립된 나라들로 이루어져 있지. 눈여겨봐. 그 나라들의 통치자가 바뀌었다, 그럼 그 인물이 가장 먼저 하는 일이 뭔지 알아? 그건 이곳으로 와 웨인에게 엉덩이를 맡기는 거야. 물론 놈은 신나게 '마운틴'을 한 후 찰싹, 엉덩이를 때려 돌려보내지. 또 놈은 정기적으로 세계 각국을 순찰하기도 해. 물론 목적은 '마운틴'이지. 그걸 과시하고, 또 느끼게 해주는 거야."

"만약 그걸 거부하면?"

"하, 그럼 즉시 투페이스(TWO-FACE)*로 분류가 되지."

---

*『배트맨』에 등장하는 두 얼굴의 악당. 원래는 정의를 사랑하던 변호사였으나, 재판장에서 악한이 뿌린 염산을 맞아 얼굴의 반이 일그러진다. 그후 자신을 지켜주지

"악당 투페이스?"

"그래, 투페이스. 투페이스는 그런 분류를 위해 DC의 크리에이터들이 만들어낸 인물이야. 그러니까, 처음엔 착한 줄 알았는데 얼굴을 돌려보니 나쁜 놈이다, 뭐 그런 거지. 노리에가, 카다피, 수하르토, 후세인…… 이들이 모두 투페이스가 된 인물들이야. 그럼 또 슈퍼맨이 나서는 거고."

"슈퍼맨이 나서면……"

"인생 종 치는 거지 뭐. 그 인간이 얼마나 무식하냐? 같이 다녀봐서 너도 대충은 알 거 아냐. 그러니 다들 우리가 얼굴을 돌리지 않기만을 간절히 바랄 뿐이지. 앗, 그런데 내가 왜 이런 말들을 늘어놓는 거지? 정신이 이상해지기라도 한 건가?"

"걱정 마, 누구에게도 말 안 할게."

"좋아, 펭귄."

"뭐? 난 바나나야."

"아, 그럼, 그럼. 미안해. 머리가 아파서 말이야. 바나나도 그 속에 속하는 거라 잠깐 착각을 한 거야."

"바나나가 펭귄에 속한다고? 잠깐, 그런데 지금 말하는 게 악당 펭귄*을 말하는 건 아니겠지?"

못한 법과 정의를 원망하며 악당으로 거듭난다.

* 역시 『배트맨』에 등장하는 악당. 기형아란 이유로 태어나자마자 부모의 손에 의해 하수도에 버려진다. 그후 인간을 원망하면서 하수도 속에서 성장, 여러 가지 능력을 지니게 된다. 잔인하고 교활한 성격을 갖고 있다.

"물론 악당 펭귄이지. 펭귄 역시 DC의 크리에이터들이 만들어낸 인물이니까. 물론 네가 악당이란 얘기는 절대 아니야. 단지 '기형'일 뿐이라는 얘기지."

"기형이라니? 난 절대로 기형이 아니야."

"이런 바보. 웨인에게 있어 모든 유색 인종은 기형이야. 종교가 달라도 기형일 수 있고…… 즉, 너희들은 나쁜 놈으로 분류될 가능성이 무지무지 높은 놈들이란 얘기지. 그런 분류를 위해 펭귄도 만들어낸 거고."

"무지무지?"

"무지무지!"

*

의료센터에서 돌아오니 로빈은 여전히 침대에 누워 있었다. 비 오듯 흐르는 땀과, 수척한 뺨. 얼핏 보기에도 열이 상당하다는 걸 알 수 있었지만, 나는 부러 바나나글래스*를 착용하고는 체온측정 모드를 작동, 현재 로빈의 열이 40.7℃임을 체크했다. 특별한 이유가 있어서라기보다는, 이럴 때가 아니고선 도무지 바나나글래스를 사용할 일이 없기 때문이었다. 나는 여전히 간

---

* 바나나맨이 착용하는 특수 고글. 적외선 투시장치에서 망원렌즈, 촬영녹화 기능까지 다양한 기능을 골고루 갖추고 있으나 결국 이때 딱 한 번 사용되었다.

식 심부름이라든지, 원더우먼의 탐폰을 사다준다든지 하는 등의 일들을 하고 있었다.

"로빈, 타이레놀이야."

"고마워."

고맙긴, 우린 친구잖아, 라고 나는 DC의 크리에이터들이 지정해준 바나나맨의 친구 포즈를 취하며 말했다. 물론 이럴 때가 아니고선 이 또한 사용할 일이 없기 때문이었다. (우선 껑충 뛰어 두 발을 서로 부딪치게 한 다음 착지하는 순간 엉덩이를 빼며 한 손은 허리에, 한 손은 V 사인을!)

"착한 녀석."

별다른 포즈 없이, 타이레놀을 털어넣으며 로빈이 말했다. 그리고는 미안해, 내가 괜한 소릴 해서. 그리고 잊어버려…… 내가 한 얘기 따위…… 알겠지? 라며, 타이레놀 CF의 모델처럼 잔잔한 나레이션을 읊는 것이었다. 나는 고개를 끄덕였다.

"절대 의혹을 품어선 안 돼. 이 세계의 '정의'에 대해서. 알겠지?"

나는 다시 고개를 끄덕였다.

그래…… 좋아. 겨우 안심이라는 듯 로빈은 눈을 감았고, 눈을 감은 채 다시 이런저런 얘기들을 늘어놓기 시작했다. 들릴락 말락 잔잔한 목소리였고, 한결 편안한 표정이었다.

"리들러(RIDDLER)*라고 알지?"

"물음표맨? 그 악당을 말하는 거야?"

"그래…… 배트맨이 가장 싫어하는 부류야."

"부류? 놈은 혼자잖아."

"아니, 이 세상엔 상당수의 리들러들이 있어. 그들은 모두 '의혹'을 품고 있는 인간들이지. 우리가 하는 일에 대해, 즉 이 세계의 '정의'에 대해서 말이야. 웨인은 리들러들을 용납하지 않아. 만약 누군가가 리들러임이 탄로났다면 그건 상당히 위험한 일이지."

"그럼 로빈은……"

"그래, 나는 사실 리들러야. 그래서 이렇게 너에게 충고하는 거야. 넌 절대 '의혹'을 가지지 마. 이 세계의 의혹은 네가 감당할 수 있는 게 아니니까."

"그럼 어떻게 해야 되지?"

"지금껏 살아온 대로 하면 돼. 시키는 일 잘하고, 포즈나 잡아가며 말이야."

"포즈 연습은 열심히 하고 있어."

"그래그래, 그럼 되는 거야."

---

*『배트맨』에 등장하는 악당. 원래는 부르스 웨인이 운영하는 연구소의 젊은 천재 과학자였으나 자신을 알아주지 않는 세상에 염증을 느껴 악당으로 돌변한다. 끊임없는 의문과 수수께끼를 던져 배트맨을 미궁에 빠뜨린다.

"어려운 일은 아니네?"

"어려운 일은 아니지."

*

"왠지 그런 생각이 들어. 마지막이 가까워오고 있다는…… 어쩌면 DC의 크리에이터들이 이미 나의 최후를 기획하고 있을지도 몰라. 점점 힘이 빠지고 있어. 바나나…… 네가 생각하기에도 그렇지? 나에 대해서 뭔가 들은 얘기 없어? 떠도는 소문 말이야."

"로빈 왜 그래? 열이 내리면 곧 나아질 거야. 좋아, 쾌차하는 즉시 다음 도시로 떠나자. 지난번 오슬로에서도 금발에 코발트 블루의 눈동자가 널 기다리고 있었잖아. 게다가 음모(陰毛)를 깨끗이 밀어 눈부시게 하얀 플레이를 펼쳤다며? 궁금하네. 다음 도시에선 누가 로빈을 기다리고 있을까? 이 멋쟁이 '정의'의 용사를?"

"바보…… 그건 죄다 뻥이었어. 넌 내가 하는 일이 무언지 하나도 모르지? 난 사실 투페이스, 펭귄, 또 리들러들과 포이즌 아이비(POISON IVY)* 들을 감시하고 있어. 그래서 끊임없이 세

---

* 『배트맨』에 등장하는 여자 악당. 원래는 미모의 식물학자였으나 실험도중 사고를 당해 악당으로 변신했다. 인간과 기계문명 자체를 증오하며 식물로 이 세계를 정복

계의 도시를 누비는 거야. 그들은 그러니까 독립정부를 꾀하는 자들과 민족주의를 외치는 자들, 그리고 사상범들과 환경운동가들이지. 지난번 오슬로에서 상대한 건 금발의 코발트블루가 아니라, 석유기업의 진출에 반대하는 포이즌 아이비들이었어."

"설마."

"정말이야. 그게 전부야. 참, 그러고 보니 한 가지가 더 있군. 웨인의 들러리를 서는 일. '마운틴'을 당해주고 '마운틴'을 거들어주는 일. 지긋지긋해. 머리가 돌아버릴 지경이라구. 너 지금까지 내가 유엔총회에서 몇 번이나 '마운틴'을 당했는지 모르지? 세계 각국의 대표들이 지켜보는 앞에서, 맙소사 불쌍하게 엉덩이를 내밀고 그 짓을 당하고 있는 꼴이라니."

"그런데 이상한 게 있어. 왜 웨인은 굳이 널 '마운틴'의 대상으로 삼는 거지? 같은 영웅끼리 말이야."

"그건 내가 잉글랜드에서 왔기 때문이야. 물론 DC의 크리에이터들은 내가 부모를 잃은 서커스단의 소년이었다고 홍보를 하지만 그건 책략이야. 왜? 내 존재 자체가 놈들에겐 콤플렉스의 대상이거든. 그런 만큼 정복왕 윌리엄과 사자왕 리처드, 그리고 퀸 엘리자베스와 빅토리아 왕가의 피가 흐르는 이 몸이야말로 '마운틴'의 위상을 높이기에 최고의 재료지. 그나저나 가

하려는 야망을 가지고 있다.

90

만히 있지 말고 올라와 등이나 좀 주물러."

가만히 있던 나는, 그래서 로빈의 몸 위에 올라가 등을 주무르기 시작했다.

"그래, 거기. 꼭꼭 좀 눌러. 힘차게, 제대로 좀 해보란 말이야. 그런 이유로 해서 웨인은 나를 발탁한 거야. 즉 나는 웨인을 돋보이게 하는 보조기구와 같은 거지. 알겠어?"

"미묘한 관계로구나. 그나저나 그런 대단한 피가 흐르고 있는 줄은 몰랐어. 이 손가락 아래로 그런 엄청난 피가 흐른다고 생각하니 손이 떨려 지압을 할 수 없을 정도야."

"내가…… 좀 그런 편이지. 어쨌거나 그런 이유로 해서 나는 강제로 배트맨의 파트너가 된 거야. ……그렇게 된 거지. 그래서 이날 이때까지 '마운틴'의 표본이 된 거고. 이제 놈은 더 높이 날아오르겠지? IMF와 WTO 두 개의 날개를 활짝 펴고…… 이제 놈을 산꼭대기에서 내려오게 할 수 있는 건 아무것도 없어. 세계는 놈의 것이야. 흑."

로빈은 다시 울음을 터뜨렸다. 지진(地震)처럼 들썩이는 어깨 너머로, 아마도 로빈은 앞으로 계속될 '마운틴'의 날들을 떠올리는 것 같았다. 나는 마음이 아팠다. 그런 끔찍한 일을 당하는 건 누구에게도 크나큰 불행이 아닐 수 없으니까.

"로빈."

나는 조용히 로빈을 불렀다. 로빈. 어깨를 흔들어보았으나 로빈은 여전히 울기만 할 뿐이다.

"여태 잘 참아왔잖아. 좀 지나면 웨인에게도 변화가 있겠지. 울지 마."

벌컥, 로빈이 몸을 일으켰기 때문에 나는 침대의 끄트머리에 엉덩방아를 찧었다. 고개를 들어보니 로빈은 무서운 얼굴로 두 손을 움켜쥔 채 나를 노려보고 있었다. 그토록 무서운 얼굴은 처음이었다. 정복왕 윌리엄과 사자왕 리처드, 그리고 퀸 엘리자베스와 빅토리아 왕가의 피를 대변하는 눈물을 흘리며, 로빈이 소리쳤다.

"이 바보야. 그런 게 아냐! 예전엔 모든 게 내 것이었단 말이야! 알기나 해? 너말고도 이 세상에 바나나맨은 널려 있어. 넌 아마 서너 번째도 안 될걸? 초대 바나나맨은 카부키란 일본 친구였어. 또 며칠 전엔 쟝웨이룽이라는 중국 친구가 영웅수업을 받는다는 얘기도 들었다구. 니들뿐만이 아냐. 세상의 저편엔 또 얼마나 많은 수의 밀크초콜릿맨이 있는지 알아?"

주머니를 뒤져,

남아 있는 타이레놀을 찾으며,

도대체 이 세상은,

어떻게 된 것이란 말인가,

라는 생각을,

나는 했다.

*

그때였다. 벙커의 조명이 꺼진 것은. 그리고 사이렌과 더불어 천공의 방탄 루프에 강한 라이트가 스며든 것은. 로빈과 나는 급히 고개를 들어 사방을 살펴보았고, 곧 거대한 박쥐의 날개 속에 우리가 갇혀 있음을 알게 되었다.

그것은 배트맨의 호출조명*이었다.

순간 로빈의 몸이 번개처럼 튀어올랐다. 곧이어 창이 부서지는 소리가 들렸고, 쏟아지는 파편 속에서 나는 몸을 웅크렸으며, 사이렌 소리와 조명의 사이키가 완전히 진정될 때까지 죽은 듯 고개를 들지 않았다. 얼마나 시간이 지났을까. 나는 서서히, 말았던 몸을 펴는 쥐며느리처럼, 그렇게 고개를 뽑아올렸다.

로빈은 이미 도망친 후였다.

그리고 벙커의 입구를 막고 서 있는 누군가의 검은 실루엣이 눈에 들어왔다.

부르스 웨인이었다.

"로빈이 뭐라 그랬지?"

숨이 막히는 듯했다. 나는 필사적으로 손을 내밀어 바닥을 더

---

* 일명 '배트라이트'로 널리 알려진 호출조명. 악의 무리가 나타났을 때 배트맨에게 그 사실을 알리는 역할을 한다. 거대한 박쥐 모습의 불빛이다.

듬었다. 도대체 타이레놀은 어디로 간 거지? 이런 긴박한 순간
에. 정복왕 윌리엄과 사자왕 리처드, 그리고 퀸 엘리자베스와
빅토리아 왕가의 피와는 아무 상관없는 O형(이것이 나의 혈통
에 관해 내가 아는 유일한 정보다)의 피가 심장 속에서 곤두박
질을 쳤다.

나는 결국 DC의 크리에이터들이 지정해준 바나나맨의 차밍
포즈를 취하며 이 위기를 극복해보고자 노력했다.

"(우선 뒷짐을 지고 워킹을 하면서) 글쎄 로빈이…… (바나나
껍질을 밟은 듯 미끄러지면서) 나쁜 말로 절 꾀었지만…… (아차!
하는 표정으로 우뚝 일어나) 저는 글쎄…… (한쪽 검지로 뺨의 한
가운데를 지긋이 눌러주며) 넘어가지 않았답니다……"

"얼씨구."

코믹의 원작과는 달리, 돌아온 웨인의 대답은 얼음처럼 차가
운 것이었다. 역시 무표정한 얼굴로 웨인이 명령했다. 낮은, 그
러나 단호한 목소리였다.

"대!"

계속 타이레놀의 행방을 찾으며, 나는 어떤 마음의 준비를 해
야만 했다. 더불어 머릿속에서는 그 원인이 로빈과 관련된 것인
지, 혹은 지난번 체스 게임 때의 실수 때문인지를 곰곰이 헤아렸
다. 나는 엉덩이를 내밀었다.

퍽 퍽 퍽 퍽.

'마운틴'이었다. 확실히 그것은, 후배위라기보다는, 일종의 통치행위에 가까운 것이었다. 뭐랄까, 세계가 나를 덮치는 듯한 기분이었다.

원더우먼, 하늘을 나른다

"앨리스?"

"하 하 하. 그만, 토끼랍니다."

"오, 이런…… 프랭키! 제발 등뒤로 다가오지 좀 말랬지."

"죄송해요. 놀라게 해드릴 생각은 없었답니다. 오늘 날씨가 너무 좋아서 그만."

데비와 프랭키는 그만 이곳에서 알게 된 친구들이다. 오클라호마가 고향인 스물한 살의 데비는 그만 호모에 자폐증이고, 올랜도가 고향인 프랭키는 마흔두 살 구 개월에 그저 호모에 바보라고는 하나, 바보라기보다는 정박아에 가깝다. 그만, 둘은 연인이다. 불타는 사랑.

데비는 자신을 '앨리스'라고, 프랭키는 '토끼'라고 여기는 걸

무척이나 좋아한다. 이유는 알 수 없다. 히스테리가 심해 보이는 히스페닉계의 데비는 뭐랄까, 그래도 앨리스와 일맥상통하는 느낌이 없지 않아, 있다. 반면 토끼는 뭐랄까, 척 보기만 해도 나도 모르게 링 같은 곳에 뛰어올라가 청코너 키 203센티미터, 체중 140킬로그램 동그랑땡, 하고 소개하고 싶을 만큼의 거구이다. 혹시 코끼리나 하마를 '토끼'로 잘못 알고 있는 게 아닌가, 하는 생각에 하루는 그에게 토끼를 그려보라고 했다. 쓱싹쓱싹. 프랭키가 그린 것은 뭐랄까, 정확하진 않아도 이를테면 '문어'라고 할 수 있는 것이었다.

"이게 뭐지?"

프랭키가 대답했다.

"하하하. 그만, 토끼랍니다."

그래서 그만, 나는 '토끼'를 인정하게 되었다. 두 달 전인가, 아무튼 둘은 황금 올가미에 묶여 한바탕 곤욕을 치렀고, 손을 꼭 잡고 줄행랑을 쳤고, 그후 내 뒤를 졸졸 따라다니다가 그만 친구 내지는 심복, 뭐 그런 것이 되고 말았다. 그만해. 누누이 당부를 했건만 언제나 깍듯이 '형님'이다. 그래서 그만, 나는 마흔두 살 구 개월의 '형님'이 되어버렸다.

토끼와 앨리스는 내가 지구를 지키는 영웅의 한 사람임을 믿어 의심치 않는다. 무척이나 예의 바른 지구인들이군. 나는 생각했다. 덕분에 그만, 이 지루한 마이애미의 병원생활도 그럭저

력 해볼 만한 것이 되어버렸다. 장방형의 거대한 구층 건물인 이곳의 옥상에는 잘 꾸며진 공중정원이 있다. '토끼'와 '앨리스'와 나는, 거의 그곳에서 하루 일과를 보내곤 한다. 오늘도 물론, 멋진 이벤트가 우릴 기다리고 있다. 데비가 지난 보름간 심혈을 기울여 완성한 '초(超)하이테크 베키'의 실험이 있는 날인 것이다.

평소보다 일찍 정원을 찾은 것은 그 때문이다. 프랭키의 '문어'와는 달리, 데비의 '베키'는 뭐랄까, 그래도 하이테크와 일맥상통하는 느낌이 없지 않아, 있기 때문이다. 데비는 계속 '베키'의 버전을 높여왔고, 오늘 발표될 작품은 무려 일곱번째 모델이다. 나는 사실 일 주일 전부터 오늘을 기다려왔다. 그래서,

짤막한 그림자가 등을 넘어오는 느낌에, 또 반가운 마음에 그만 앨리스? 하며 뒤를 돌아본 것인데, 하하하. 그만, 토끼랍니다? 화가 났으나 프랭키가 무슨 잘못을 한 것도 아니고, 또 프랭키의 말처럼 날씨가 너무 좋아 곧 마음이 누그러졌다. 정말이지, 그 정도의 날씨였던 것이다.

정오를 갓 넘어선 해는 2미터짜리 토끼의 키를 짤막하게 압축해놓을 만큼 '압권' 그 자체였고, 그 결이라든지 향(香) 속에서 조금의 수증기나 불순물도 찾아볼 수 없는 순도 백 퍼센트의 햇살을 쏟아내고 있었다. 구름 따위가 있을 리 없는 하늘이었다. 팔짱을 낀 채 일어서며 나는 중얼거렸다.

"잘 하면, 오늘 원더우먼을 볼 수 있겠군."

토끼의 귀가 쫑긋, 했다.

*

"원더, 우먼이라고 하셨습니까, 형님?"

"그럼 팬더, 우먼이라고 했을까봐?"

"하하하. 그만 우마, 서면*으로 알아들었지 뭡니까."

프랭키와 데비에 대해서는 약간의 설명이 더 필요할 것 같다. 프랭키는 버려진 아이였다. 그러니까 (그의 말에 따르자면) 서른일곱 살 십일 개월 때였다고 한다. 어느 날 그의 노모가 숨을 거두자, 동생은 이 2미터 3센티미터짜리 '아이'의 처분문제로 꽤나 골치를 앓게 되었다. (이건 내 생각이다.) 어느 날 카키색 중고 세단을 몰고 온 동생이 크게 소리쳤다고 한다.

"형, 디즈니랜드에 가지 않을래?"

야호! 그는 카키색 중고 세단의 뒷자리에 몸을 실었고, 동생은 약속대로 그를 디즈니랜드에 데려다주었다. 꿈같은 일이었다. 그리고 오 년, 그는 아직도 디즈니랜드에서 살고 있다. 이런 '야호'스런 일이 있나! 그리고 그만, 그곳(이곳!)에서 데비를 만났다. 꽃 같은 나이(그의 말을 빌리자면), 마흔한 살 이 개월 때

---

* 미국의 영화배우. 대학교수인 아버지와 모델인 어머니 사이에서 태어났다. 1987년 〈애증의 종말〉로 데뷔. 〈위험한 관계〉〈펄프 픽션〉 등의 영화에 출연했다.

의 일이었다.

"그놈의 개월 수는 왜 꼬박꼬박 세는 거지?"

"지금 개월(Month), 이라고 하셨습니까?"

처음엔 어리둥절해서 가만히 있었다. 그러자,

하하하. 그만, 주둥이(Mouth)로 알아들었지 뭡니까, 라며 웃는 것이었다.

그것이 나름대로의 처세술이란 걸 알게 된 것은, 제법 시간이 지나서였다. 모르는 게 많은 만큼 수줍음도 많은, 그것이 프랭키—아직도 꽃 같은 나이의 마흔두 살 구 개월의 남자.

데비는 말이 없다. 도통 말이 없기 때문에 표정으로 모든 걸 읽어야 한다. 오로지 프랭키와 나누는 몇 마디 대화가 전부이고, 그나마도 '소곤소곤'이다. 자폐증이 어떤 병인지를 몰랐던 나는, 한동안 이 새침데기 앨리스의 말문을 열기 위해 갖은 노력을 기울여야 했다. 앨리스의 입술은 새로 산 리바이스 진의 지퍼 같은 것으로 뻑뻑하게 채워져 있었다.

지퍼는 좀처럼 내려가지 않았다.

어떤 질문을 해도, 데비는 멍한 시선으로 먼 곳을 응시하거나 딴청을 부리곤 했다. 황금 올가미를 사용한다면 문제는 쉬워지겠지만, 그게 무슨 의미가 있겠냐는 생각에 참고 또 참았다. 결국 나는 진의 지퍼가 내려가지 않아 소변을 못 보는 카우보이처럼, 극심한 스트레스에 시달려야 했다. 위장이 나빠졌군요. 어느 날 아이리스로부터 그런 얘기를 들은 것도 그 무렵의 일이었다.

데비가 말을 한 것은 위장이랄까, 혹은 그 근처에 있음직한 '마음' 같은 것이 닳아서 구멍이 난 청바지처럼 너덜너덜해졌을 무렵이었다. 어쩌다 자폐증 같은 걸 앓게 된 거지? 지나가는 말로, 별 기대 없이 던진 말이었는데 움찔움찔 앨리스의 입술이 열리기 시작했다. 그 입술 사이로 뭔가 거대한 구멍 같은 것이 확 뚫리는 기분이었다. 뭐랄까, 진이 닳아 찢어질 때까지 소변을 못 보다가 결국 그 찢어진 틈새로 소변을 보게 된 카우보이의 심정이랄까, 그런 내 기분 따위야 중요한 건 아니고, 아무튼 그 정도의 소변줄기 같은 것이 앨리스의 입술을 뚫고 쏟아져나온 것이었다. 나는 당장 카우보이를 관두기로 결심했다. 한가롭게 소나 치고 있을 때가 아니었던 것이다. 뭐랄까, 길을 걷다가 댐의 구멍을 발견했다는 네덜란드의 소년이 바로 이런 기분이었을까?

오 신이여, 저희를 굽어살피옵소서.

*

"어쩌다 자폐증 같은 걸 앓게 된 거지?"

"그, 그러니까, 아버지는 언제나 〈보난자〉를 보고 있었어요. 그리고 〈휠 오브 포춘〉을 봐야만 했던 거예요. 언젠가 한번은 또 그러면서 오클라호마 지역 라디오 방송국인 크리크텍산의 진행자 보브 워와 언쟁을 벌였는데, 그게 문제가 되어 벌금형을 선고받기도 했어요. 니카라과 침공에 대한 논쟁이었죠. 전화를 건 것은 아버지였는데 다른 건 기억이 안 나고 "이 삼촌하고 빌붙어먹을 놈아"라는, 큰 목소리가 아버지의 입과 라디오에서 동시에 울려퍼진 게 기억이 나요. 그래서 저는 제 방으로 급히 뛰어 올라갔는데, 〈해안구조대〉의 오프닝뮤직이 흘러나왔기 때문이죠. 저는 거기서 단역으로 나오는 니키 심즈를 좋아했는데, 마침 그날은 오렌지색 비키니를 입고 나온 터라 저는 씹고 있던 버블검을 퉤, 하고 창 밖으로 뱉어버렸죠. 그 버블검은 노란색 레몬맛이었거든요. 오렌지의 적이 레몬이란 건 알고 계시죠? 〈시티 트레인〉에서 카부키 조가 말했듯이 사람들로 하여금 혼동을 하게 만들기 때문이죠. 특히 북동부에선 레몬을 오렌지로 혼동하는 일이 많아 오렌지의 마음을 아프게 하는 일들이 종종 있다고들 하죠. 그러니 오렌지 비키니를 입은 니키의 심정이 어땠겠어요? 당장 LA의 해안이나 샌프란시스코 같은 델 가고 싶었던 거죠. 그래서 니키는 그해의 오스카를 포기하고 〈해안구조대〉의 시시한 단역이 된 거예요. 니키는 원래 노먼대학 정도는 문제없이 들어갈 정도의 애였는데 그만 파티에서 피터 울프를 만난 게 불행의 화근이었죠. 놈은 햄버거를 빨리 먹어치우는 게 유일한 특기였는데, 그날도 그랬다고 해요. 그래서 니키는 햄버거엔

없는 컬러, 즉 오렌지색 비키니를 입고 〈해안구조대〉에 들어갔어요. 아무것도 문제될 게 없었던 거죠. 네? 햄버거에도 치즈가 있지 않냐구요? 그래서 제가 조심하란 얘길 한 거죠. 니키의 오렌지색은 치즈보다 훨씬 오렌지에 가까운 색이거든요. 아니, 오렌지 그 자체였어요. 물론 그래서 레몬과 치즈는 동맹을 맺은 거지만, 아무튼 니키가 그곳에서 어떤 활약을 했나 살펴보세요. 아아, 니키는 "아이가 빠졌어요!"라고 큰 소리를 지르며 물 밖으로 뛰어나오죠. 그 소리를 듣고 비로소 구조대원들은 아홉 살 짜리 소년의 목숨을 구하고 말이죠. 와우, 아홉 살이라구요. 그 의미를 아시겠어요? 아 물론, 그렇다고 해서 제가 니키를 좋아한 건 아니에요. 제 형은 뮤직비디오를 너무 많이 봐서 망친 인간인데, 그래서 전 니키를 형에게 소개시켜주고 싶었지요. 니키라면 형을 문제없이 구해낼 테니까요. 그런데 그만 니키에게 부탁을 하기도 전에 〈소울 트레인〉이 시작된 거예요. 삼촌과 형은 거기에 푹 빠져버렸지요. 그래서 시간이 지나간 거예요. 방에서 나오지도 않고, 마침 마돈나가 새 앨범을 발표했거든요. 그런저런 일들로 인해 어머니는 더 분주한 나날을 보내게 되었지요. 일층에선 아버지가, 이층에선 형과 삼촌이 TV를 차지해버려 〈제네럴 하스피틀〉을 봐야만 하는 어머니로선 이만저만 불만이 아니었던 거예요. 게다가 다락의 TV는 제가 게임기와 연결해 쓰고 있었으므로, 어머니는 그야말로 병원에라도 가야 할 지경이 되어버린 거죠. 그래서 전 니키에게 물었어요. 니키는 두말 않고, 그러면 오렌지색 TV를 사드리렴, 하고 조언을 해주더군요. 그런데 또 마침 '제나 제임슨'이 두각을 드러낸 때라 저는 이미 제나 쪽에 온통 관심이 쏠려버렸죠. 자위를 하기에도 바쁜데 오렌지색 TV라니, 어쩌란 말인가요. 그래서 온통 벌집을 쑤셔놓은 듯한 분위긴데 걸프전이 터진 거예요. 젠장, 얼마나 놈들이 미웠는지 아세요? 〈보난자〉는 2회를, 〈소울 트레인〉은 네 번의 상영시간 변경을, '제나 제임슨'의 새 기사는 찾아보기도 어려울 정도였죠. 아버지는 다시 크리크텍산에 전화를 걸어, 이번에는 보브 워와 죽이 척척 맞아—이봐 보브, 우리가 개새끼들을 쓸어버리자고! 그래, 너 한번 화끈하다. 좋아, 이번엔 서전 슬래터와 싸움을 앞둔 호건을 한번 연결해볼까? 죽 까지 마, 호건이 이따위 프로에 왜 나오겠어? 푸하, 자네 정말 예리한 친구로군, 하고, 둘이 껄껄대고는 했지만 어머닌 결국 이웃의 차고파티에서 TV를 하나 얻어오셨지요. 그것이 불행의 씨앗이었어요. 그만 어머니가 미식축구에 빠져버리신 거죠. 그래서 한동안 스포츠 열풍이 불어닥쳤는데, 삼촌은 꼴에 마이클 조던의 팬이, 형은 텍사스 레인저스, 저는 그래도 템파베이 버커니어스, 역시 무식한 아버지는 헐크 호건의 매니아가 되어버렸죠. 그래서 팝콘이 대유행을 일으킨 거예요. 오, 불쌍한 전자레인지…… 전자레인지는 한시도 쉴 틈이 없었죠. 온 식구가 줄을 서서, 게다가 아버지는 호건이 먹어도 배가 부를 정도의 양을 튀겨대니 어디 배겨날 수가 있어야지요. 그래서 퍼버벅, 맛이 갔는데 또 그게 일젠지 대만젠지 그래서 아버지는 화가 났었죠. 그래서 또 보브 위의 프로에 전화를 걸어 어이 보브, 나 휴즌데 우리 다 같이 제네럴 일렉트릭을 쓰자고! 좋아 애국동지, 어쩌구 하더니 CNN의 걸프전 속보를 전하며 함께 환성을 질렀지요. 삼촌은 마침 NBC의 뉴스를 보고 있었는데, 어이 데비 너도 이젠 방에서 자위만 하지 말고 뉴스 같은 거도 좀 보고 그래. 그런데 계속 섹스 심벌들이 등장하고, 또 뉴스 같은 건 짜증나는 사건들 더러운 사건들 투성이지, 뭘 어쩌라고 이런 마음도 드는데 마침 그해 학기에는 숙제를 더럽게 많이 내주는 선생을 만나 버블검 씹을 시간도 내기가 힘들어져버렸고, 그래서 그만, 자폐증이 생긴 거예요.”

쏴아.

머릿속이 마치 큰물이 휩쓸고 간 네덜란드의 황무지가 된 듯한 기분이었다. 그럼 동성애는 언제부터 즐기게 된 거지, 란 의문도 들었으나 나는 굳게 입을 다물었다. 그후 나는 절대로 데비에게 질문 같은 걸 하지 않는다.

“하하하 형님, 그만 ‘앨리스’랍니다.”

그만 ‘토끼’가 난리를 치는 바람에, 나는 뒤를 돌아보았다. 화창한 하늘을 바탕화면으로 데비가 서 있었다. 신경초(神經草)의

말엽(末葉) 같은 가녀린 손에,

　'초하이테크 베키'가 들려 있었다.

*

　'토끼'와 '앨리스'가 원더우먼에게 관심을 갖기 시작한 것은 물론 황금 올가미 사건 때문이었다. 신비한 체험이, 특별한 세계의 존재에 대한 확신을 심어준 것이다. 나를 졸졸 좇아다닐 때부터, 또 나와 친구가 된 후에도 둘의 호기심은 끝이 없었다. 형님, 그 밧줄은 어떤 건가요? 이건 원더우먼의 것이야. 그런데 지금 형님이 갖고 계시잖아요. 그래, 지금은 내가 갖고 있지. 그럼 이건 형님 거예요. 그만, 그렇게 되었구나. '토끼'의 얼굴을 쳐다보며 나는 한숨을 쉬곤 했다. 세계의 영웅들에게 둘러싸여 있던 내가, 세계의 지진아들에게 둘러싸여 있었던 것이다. 하루아침의 일이었다. 그만, 그렇게 된 것이다.

　그 공중정원은 뭐랄까, 그래서 오래 전의 그 목조교실과 비슷한 분위기였다. 물론 시설로 따지자면 하늘과 땅 차이겠지만 뭐랄까, '토끼'와 '앨리스'를 데리고 이런저런 얘기를 하다보면, 확실하게 떠오르는 것이 바로 '나머지 공부'의 현장 그것이었기 때문이다. 이상하게도, 나는 몹시 편안한 기분이었다.

결국 나는, '토끼' 와 '앨리스' 에게 나의 정체를 털어놓았다. 과연, 하는 표정으로 고개를 끄덕이는 둘을 쳐다보고 있자니 과연 마음이 편안해졌다. 차례차례, 나는 슈퍼맨의 얘기와 배트맨의 진실, 그리고 로빈의 슬픔과 이 세계의 '정의'에 대해 털어놓았고, 날이 갈수록 '토끼'와 '앨리스'의 존경을 한 몸에 받는 영웅이 되어갔다. 이곳이 예루살렘이에요. 내가 떨어진 위치에 원을 그리며 '앨리스'가 말했다. 아멘. 두 손을 모으며 '토끼'가 기도를 올렸다. 한편 어이가 없기도 했지만, 거 뭐랄까—

나쁜 기분은 아니었다.

그렇게 공중정원은 나의 새로운 본부가 되었다. 적어도 그곳에서 나를 방해하거나 위협할 수 있는 인간은 아무도 없었던 것이다. 늘 불안한 얼굴의 '앨리스'와, 얼굴은 안정적이나 203센티미터 140킬로그램의 '토끼'가 언제나 나를 호위하고 있었으니까. 퍽 유, 이렇게 모이기도 힘들 텐데. 우리 앞을 지나던 빅 짐이 화들짝 놀라며 그런 말을 했을 때는 의기양양한 기분마저 들었다. 거 뭐랄까, 주요인물로 취급되는 기분이 들었던 것이다.

"딴 생각들 하지 마."

약간은 겁먹은 얼굴로 빅 짐이 얘기했다.

"딴 생각 안 해."

내가 대답했다. 정말이지 딴 생각을 할 겨를이 없었다. '토끼'

와 '앨리스'의 마음은 이미 온통 한 곳에 쏠려 있었으니까.

"형님, 원더우먼은 도대체 어떤 여자인가요."

"그만 궁금해서 잠이 안 온답니다."

그만 수척해지기까지 한 '토끼'의 얼굴을 쳐다보며, 나는 '토끼'가 요즘 정말로 밤잠을 설친다는 것을 알 수 있었다. 넌 원더우먼이 어떤 여자라고 생각하지? 요즘 들어 정말 편한 잠을 이루는 내가 묻자, '토끼'는 쑥스러운 얼굴로 작은 종이 한 장을 내밀었다. 그 속에는, 정확하진 않아도 이를테면 '꼴뚜기'라고 할 수 있는 것이 그려져 있었다.

"아니야, 아니야. 원더우먼은 이렇지 않아."

DC의 크리에이터들이 지정해준 바나나맨의 분노 포즈를 취하며 내가 소리치자, '토끼'는 한결 수척해진 표정으로 고개를 떨구었다. 곧이어 지구의 모든 꼴뚜기들이 느끼는 슬픔의 총량(總量) 같은 것이 그 어두운 얼굴 위에 깃들이기 시작했다.

"프랭키, 잘 들어."

나는 DC의 크리에이터들이 지정해준 바나나맨의 고민 포즈를 취하며 얘기했다. 그리고 마지막의 우뚝 일어서는 그 단계에서, 이유 없이 바다를 쳐다보며 두 눈을 지그시 내려감았다. 지그시, 마이애미의 바닷바람이 불어왔다.

"그녀는…… 나의 첫사랑이었어."

*

얘기는 윌리엄 몰턴 마스턴이 얼마나 거짓말을 싫어했던 인물인가, 에서부터 시작되었다.

"……그래서 마스턴은 그녀의 신화를 만들어내지. 신화의 무대는 제2차대전이 한창이던 1940년대였어. 전쟁 영웅인 스티브 트레버 대령이 버뮤다 삼각지대에서 격추를 당하게 돼. 그런데 근처에 신비로운 여전사(女戰士)들의 섬 파라다이스가 있었던 거야. 트레버를 구한 것은 그 섬의 공주인 다이애너였고, 공주는 여차여차해서 대령을 따라 미국으로 건너오지. 결국 그녀는 다이애너 프린스란 이름의 여군 장교로 생활하며 암암리에 원더우먼으로 변신, 세계 평화의 수호여신이 되지. 물론 총알을 막을 수 있는 페미니움 팔찌와 진실만을 말하게 하는 황금 올가미를 무기 삼아 말이야. 결국 그녀의 활약으로 나치는 일망타진 되고, 전쟁은 끝이 나지. 물론 공주인 그녀가 파라다이스 섬으로 돌아간 것은 두말하면 잔소리야. 그리고 세월이 흘렀어. 냉전이 무르익은 칠십년대가 도래했지. 앗, 그런데 이번엔 스티브 트레버의 아들인 스티브 트레버 주니어가 탄 비행기가 또다시 파라다이스 섬에 불시착한 거야."

"형님, 마스턴 경이 거짓말을 싫어했다는 게 사실인가요?"

"바보. 스티브 트레버 주니어가 스티브 트레버의 아들이란 건 누구나 알고 있는 진실이야. 그래서 원더우먼은 다시 미국으로 돌아와 정의를 위해 싸우기 시작하지. 물론 세월이 흐른 만큼 상황도 많이 바뀌었어. 한동안 트레버 주니어와 짝을 이뤄 IADC라는 첩보국의 요원으로 활약하던 그녀는, 결국 정의의 본부에서 영웅들과 뜻을 같이하게 되지. 자유세계를 위한 그녀의 활약은 그야말로 눈부신 것이었어. 그녀의 활약은 또 슈퍼맨과 배트맨은 할 수 없는, 그런 것이었으니까."

"어떤 활약인가요?"

"그것은…… 투명 비행기를 타고 전 세계의 상공을 날아다니는 것이지."

"투명 비행기요?"

"그렇지. 투명 비행기."

"그런 거라면 슈퍼맨과 배트맨도 능히 할 수 있는 일 아닌가요?"

"바보. 그런 꼴뚜기 같은 생각으론 영웅이 될 수 없어. 좀더 머리를 짜봐. 더 밑바닥에서 우러나오는 그런 지혜를 말이야. 이미 현대의 전쟁은 원더우먼처럼 아름다운 여성이 참여할 그런 성격의 것이 아니었어. 총알을 막는다거나, 상대의 진심을 실토케 한다거나, 뭐 그런 정도의 수수한 싸움이 아니었던 거지. 그런 힘을 가진 것은 슈퍼맨이야. 또 슈퍼맨은 누구보다 훌륭히 자신의 역할을 수행해왔고. 하지만 그녀에겐 슈퍼맨과는 다른 성질의 힘이 내재되어 있었어. 원더우먼만의 힘, 영웅들은 그것을 '부드러운 힘(Soft Power)'이라고 불렀지."

"부드러운 힘이요?"

"그래, 부드러운 힘. 그리고, 그 힘의 증폭을 위해 제작된 것이 바로 투명 비행기였지."

"아아, 부드러운 힘이라니. 게다가 증폭이라니……"

"바보. 원더우먼이 왜 그런 옷을 입고 있는지 이유를 생각해봤어? 그녀는 파라다이스 섬의 공주였어. 즉 너 같은 놈은 감히 얼씬댈 수도 없는 귀하신 몸이란 말이야. 그런 그녀가 부끄러움을 무릅쓰고 그런 옷을 착용한 데에는 그만한 이유가 있는 거야."

"아아, 도대체 어떤 이유가……"

"바로, 이 세계의 '정의'를 지키기 위해서지. 그러니 감사한 줄이나 알아. 넌 그녀의 은총 속에서 하루하루를 살아가고 있는 거니까. 들어봐, 슈퍼맨이 나쁜 무리를 무찔러 자유세계의 영역을 넓히면, 배트맨이 나서서 '마운틴'의 체계를 세운다는 얘기는 귀가 닳도록 들었겠지? 그 다음이 바로 그녀의 차례인 거야. 그녀의 임무는 '정의'의 정착이니까."

"어머머, '정착' 이래……"

"즉 그녀는, 평상시의 자유세계를 유지하는 평화의 여신이란 말씀이지. 무엇보다 그녀의 임무는 전쟁에너지를 낮추고, 섹스에너지를 높이는 것*이니까."

"아아, 섹스……"

"그래, 물론 그 속엔 이루 말할 수 없이 많은 것들이 포함되어 있지. 그런 그러니까 부드러운 모든 것들이 담긴, 그런 의미의 섹스야. 바로 그 때문에 그녀는 그토록 꼭 끼는 팬티를 입는 거고. 자, 그럼 생각해봐. 그 상태로 투명 비행기의 좌석에 엉덩이를 붙이게 되면, 팬티의 중간부분이 더욱 당겨지면서 바기나의 윤곽 그 자체가 드러나게 되는 거야. 그럼 그 아래에서는 그 황홀한 바기나의 전부를 그대로 볼 수 있는 거지. 다름아닌, 투명 비행기니까. 그 바로 밑에서라면, 속에 잡혀 있는 주름의 수까지 셀 수 있을 정도지. 이제 왜 투명 비행기인지, 그 이유를 알겠지? 그리고 동체의 아래에는 거대한 프리즘장치가 부착되어 있는 거야. 물론 닥터 윌슨이 발명한 첨단의 장비지."

그리고 나는 팔을 활짝 펼쳤다.

"붕— 이렇게 그녀가 자유세계의 상공을 날고 있는 거야. '리들러'들과 '포이즌 아이비'들이 설치는 선진국의 상공을, '투페이스'들이 설치는 개발도상국의 상공을, 또 '펭귄'들이 우글대는 후진국의 상공을 말이야. 그러면 어떻게 되겠니? 그 아래엔 거대하게 증폭된 바기나의 자기장(磁氣場)이 형성되는 거야. 생

---

* 전쟁에너지를 낮추고 섹스에너지를 높인다는 슬로건은 포르노배우 출신의 이탈리아 국회의원 치치올리나가 자신의 선거공약으로 걸었던 것이다.

112

각해봐, 나스카의 지상도(地上圖)처럼 거대한 그녀의 바기나를 말이야. 그리고 흥분과 환희에 겨워하는 선량한 사람들을 말이야. 그것은!"

"파라다이스로군요!"

"결국 '토끼'가 한 건 하는구나. 그래, 우리의 '정의'는 바로 그렇게 지켜지는 거란다. 그런 헌신에 의해서, 그런 은총에 의해서 말이야. 그녀는 그런 식으로 곳곳의 분쟁과 투쟁과 전쟁에 너지를 낮추고, 섹스에너지를 높여주지. 물론, 지금 이 순간에도 말이야."

"아아, 볼 수 있을까요? 그 모습을……"

왼손을 눈 위에 붙여 두꺼운 챙을 만든 '토끼'가 하늘을 올려보며 소리쳤다. 가죽챙이 무색할 만큼, 구름이 잔뜩 낀 하늘이었다. 부웅— 계속 팔을 펼쳐든 채 나는 예루살렘의 상공을 비행하고 있고, 낙담한 '토끼'가 어깨를 들썩하며 두 손을 뒤집어올렸을 때였다.

"볼 수 있을 거야." '앨리스'가 말했다.

"'초하이테크 베키'라면 말이야."

*

자폐증을 앓는 인간 중에는 간혹 한 가지 방면으로 탁월한 능력을 발휘하는 경우가 있는데 데비가 바로 그런 인간 중의 하나였다. 그리고 물론, 그 능력의 결정체가 '초하이테크 베키'였다. 라고 말은 하지만, 사실 그것은 이를테면 고물 TV와 같은, 그런 것이었다. 물론 보는 이에 따라서 그것을 골동품 TV라 여기는 사람도 있을 것이다.

그 정도다.

하지만 분명히 브라운관이 있고, 채널이 있고, 안테나가 있다. 그리고 우드케이스와 청동, 주철 따위의 금속이 땜빵으로 어우러진, 이루 말 못 할 지경의 케이스가 그것을 감싸고 있다. 스피커는 찢어져 있고 도무지 출처가 의심되는 브라운관은 흑백이다.

그것이 내가 본 최초의 베키였다.

베키-IV. 눈을 뜨고는 차마 초(超)하이테크란 말을 붙일 수 없는 물체였지만, 어쨌거나 그것이 '초하이테크 베키'였다. 간호사 빅 짐은 그것을 TV 공작(工作)이라 불렀는데, 말인즉슨, 데비가 환자들의 취미활동 중 하나인 전자제품 조립반의 엘리트란 얘기였다.

"TV를 조립하는 건 저 인간뿐이야. 나머진 모두 트랜지스터 수준이지."

그러니까 TV란 얘기인데…… 나는 눈을 감고 '초하이테크'란 말을 붙여주었다. 그러나 '베키'라는 이름에는 거부감이 없었다. 아닌게 아니라, 확실히 그 물체는 어딘가 모르게 생명체와 같은 느낌을 주었기 때문이다.

데비의 장담과는 달리, 베키-IV의 화면에는 투명 비행기의 '투' 자도 얼씬거리지 않았다. 겨우 고정시킨 안테나를 통해 근근히 CNN의 뉴스가 잡음만을 전하며 치직거릴 뿐이었다. CNN이라도 나오는 게 어디야, 라는 생각이 절로 들 정도였다.

데비는 열성으로 베키를 고치기 시작했다. 그 결과 베키-V에서는 어지간한 모든 채널이, 베키-VI에서는 쿠바의 국영방송이, 베키-VI의 패치모델에서는 맙소사, BBC가 잡히는 것이었다. BBC라니! 나는 그 순간, 정말 볼 수도 있겠네, 라는 야무진 생각을 그만 하고야 말았다.

그러니까 지금, 저 화창한 하늘을 바탕화면으로 데비가 들고 있는 것은 '초하이테크 베키'의 일곱번째 모델 베키-VII인 것이다. 나는 그만,

신경초의 말엽처럼 촉각이 곤두서는 기분이었다.

*

베키의 설치와 안테나의 고정작업에 예외 없이 한 시간 정도가 소요되었다. 구경을 하던 빅 짐과 다른 환자들도 모두 기다림에 지쳐 돌아가고, 설치가 끝난 예루살렘의 복판에는 예외 없이

우리 셋만이 남아 있었다.

ON

전원이 들어오자 기지개를 켜는 곰처럼 눈을 찌푸리며 베키가 잠을 깨기 시작했다. 치지지직, 치지지직…… 초조한 시간이 흘러갔다. 그러나 비 오듯 땀을 흘리는 데비의 노력에도 불구하고, 원더우먼의 바기나는커녕, BBC도, 쿠바의 국영방송도, 심지어는 CNN조차도 잡히지 않는 것이었다. 치지지직. 치지지직……

결국, 한 포기의 신경초가 말라 죽기에 충분한 시간이 지나가 버렸다.

낙심한 데비는 그만 주저앉아 무릎 사이에 얼굴을 파묻었고, 프랭키는 빅 짐이 버리고 간 꽁초를 주워 불을 붙였으며, 나는 말라 죽은 신경초의 말엽처럼 건조한 시선으로 화창하고, 화창하고, 화창한 하늘을 바라보고 있었다.

그때였다.

부웅— 귀에 익은, 터무니없이 부드럽고 낮은 소음이 들린 것은. 그리고 절묘한 빛의 반사가 없었다면 분명 그 윤곽을 놓쳤을 게 분명한 투명의 기체(機體)가 눈에 잡힌 것은.

그것은 분명 투명 비행기였다. 나는 소리쳤고, 순간 고개를 든 '토끼'와 '앨리스'에게도 그 투명의 기체가 포착되었으며, 그 순간 좌석 아래의 프리즘을 통해 쏟아진 거대한 바기나의 영상에 우리는 넋을 잃었으며, 분비물처럼 흘러내리는 바기나의 자기장 속에서 수많은 음악과 저토록 화려한 영화와 어떤 긴박한 스포츠의 순간 같은 것들을 듣고 보는 듯했으며, 너나 할 것 없이 일제히 발기했으며, 그 순간 중력을 거슬러 솟구치는 이 세계의 발기(勃起)를 우리는 느낄 수 있었다.

아아, 그것은 은총이었다.

더불어 은총은 베키에게도 내려졌다. 선명한 화면 속에는, 우리의 육안과는 달리 바기나의 영상은 잡히지 않았지만, 대신 투명의 기체와 그 아래로 떨어지는 무수한 폭탄의 투하(投下)장면이 담기는 중이었다. 깜짝 놀란 나는 얼른 베키 앞으로 다가섰고, 자세히, 더욱 자세히 그 폭탄을 살펴본 후에야 겨우 안도의 한숨을 쉴 수 있었다.

어이없게도, 그 작은 폭탄들은 당근이었다. 즉 당근의 비가 하늘에서 떨어지고 있었던 것이다. 육안으론 보이지 않지만, '초하이테크 베키'가 잡은 것이니만큼 틀린 이야기는 아닐 것이다. 또 먹어도, 언제 먹어도 맛있을 것 같은,

붉고, 달고, 선명한 당근이었다.

아쿠아맨, 수중의 왕자

두 명의 아쿠아맨을 동시에 본 것은 1992년 11월 3일의 일이었다.

정말이지 똑같은, 두 명의 아쿠아맨이었다. 그중 한 명과 핫칠리 스파게티를 먹으며 선거 개표방송을 보고 있는데, 나머지 한 명이 엘리베이터에서 걸어나왔다. 너무 매워 헛것이 보이나? 핫칠리 스파게티를 원망할 만큼, 나는 충격을 받았다. 두 명의 아쿠아맨과 마주친 그날은, 빌 클린턴이 미합중국의 42대 대통령으로 선출된 날이었다.

"힌트를…… 조금 줄 순 없을까?"

누구라고 할 것 없는 두 개의 얼굴을 번갈아 쳐다보며, 내가 말했다. 누구라고 할 것 없이 어깨를 으쓱하며, 둘은 나 몰라란 표정이다. 말없이 팔을 잡아당겨 나를 밖으로 데리고 나간 것은 슈퍼맨이었다. 그리고 나는, 수많은 아쿠아맨이 이 지구에 존재한다는 놀라운 비밀을 알게 되었다. 일반유권자들로부터, 클린턴은 43퍼센트의 지지를 얻었다.

"혼란스러웠지?"

"어떻게 된 거야?"

"복제야. 아쿠아맨의 복제인간들이지."

"아아……"

"놀라지 마. 여태 네가 만난 아쿠아맨들은 모두 복제된 것이니까. 하지만 모두 같은 생각을 가진 '한' 인간이라고 여기면 돼. 그들은 지구 곳곳의 바다에 퍼져 있는 거대한 네트워크와 같은 것이거든. 즉, 그렇게 '모두가' 아쿠아맨인 셈이지."

"혼란스럽지 않을까?"

"바다가 너무 넓기 때문이야. 또 아쿠아맨의 업무가 급증한 것도 이유 중의 하나고. 아쿠아맨은 자유경제의 무역과 협상을 통제하는 바다의 왕자거든. 실지로 WTO의 체계를 정비하고 그 윤곽을 잡아나가는 건 아쿠아맨이야. 물론 결정권을 쥐고 있는 건 배트맨이지만 IMF에 전력을 쏟고 있어 아무래도 무리가 따르지. 그러잖아도 곧 너에게 얘기를 하려던 참이었어. 이번 우루과이라운드 협상 때 너도 함께 참여했으면 싶어서 말이야. 사실, 그간 임무다운 임무를 한 번도 맡은 적이 없었잖아."

임무다운 임무라, 그 간단한 어휘를 듣는 순간, 뭐랄까, 핫칠리 스파게티의 소스가 고막에 와 닿는 기분이었다. 얼마나 기다려온 순간인가. 가슴이 뛰면서도 막상 혼자 나서려니 은근히 겁이 났다.

"아쿠아맨과 함께?"

"물론, '새' 아쿠아맨과 함께!"

*

사흘 후, 두 사람의 직원이 벙커를 찾아왔다. 문을 여니 화물용 서브웨이 한 대가 문 앞에 서 있고, 그 짐칸에는 큰 드럼통 같은 것이 실려 있었다.

"뭡니까?"

"국가기밀입니다."

곧이어 각기 'AD537IF08' 'JG1275E97' 라는 마크를 단 두 직원이 그 드럼통을 벙커 안으로 옮겨놓았다. 작업이 끝나자 그중 연장자로 보이는 'AD537IF08'이 인수증을 내밀었고, 내가 사인을 마치자 눈 깜짝할 사이에 G-7 통로 쪽으로 미끄러지듯 사라졌다. 과연! 나는 고개를 끄덕였다. 과연, 국가기밀의 취급자다운 기민한 동작이었다.

벙커의 문을 잠근 나는 찬찬히 그 '국가기밀'을 살펴보기 시작했다. 아무래도 일전에 슈퍼맨이 일러준 '임무다운 임무'와 어떤 연관이 있을 것 같았다. 그 느낌은 적중했다. 드럼통의 한복판에 커다란 붉은 글씨로 '아쿠아맨 통조림'이라고 씌어 있었던 것이다. 뭐랄까, 확실히 국가기밀다운 글씨체였다. 그리고 그 하단에,

아쿠아맨 통조림 : 원재료 및 함량—아쿠아맨 70.0퍼센트, 식염, 해수. 보관방법—서늘한 곳에 보관하시고 개봉 후 남은 내용물은 유리그릇에 옮겨담아 하수구에 흘려보내세요. 따기 편한 원터치 캔.

이란 설명서가 붙어 있었다.

확실히 따기 편한 원터치 캔이었기 때문에, 나는 쉽게 캔 뚜껑을 딸 수 있었다. 그 속엔 정말이지 해수(海水)가 차 있었고, 전체 내용물의 70퍼센트인 아쿠아맨이, 태아처럼 웅크린 채 잠겨 있었다. '개봉 후 남은 것'이란 점잖게 말해 일종의 배설물이었다. 두둥실 떠 있는 그것들을 나는 유리그릇으로 옮겨담았고, 설명서에 표기된 대로 하수구에 흘려보냈다. 얼마나 시간이 지났을까. 이윽고 아쿠아맨이 몸을 일으켰다.

"바나나맨이지? 반가워."

그것이 '새' 아쿠아맨이 건넨 첫마디였다.

"으, 응."

나는, 핫칠리 스파게티가 목에 걸린 듯한 소리를 냈다.

*

그들이 '하나의' 네트워크로 연결되어 있다는 슈퍼맨의 말은 빈말이 아니었다. 아니나 다를까 '새' 아쿠아맨은 홍차를 부탁했고, 흠~흠. 내가 알고 있는 모든 아쿠아맨들과 똑같은 허밍을 하며 홍차를 음미했다. 그리고 한 잔의 홍차를 다 마셨을 무렵에는, 이미 이번 임무의 내용과 구체적인 계획까지를 모두 파악하고 있었다. 선거의 결과도 마찬가지였다.

"어쩔 수 없이, 이번엔 마블(Marvel)* 쪽의 영웅을 내세워야겠군."

"마블이라구요?"

"그래, 마블! 민주당이 승리했으니까 말이야."

"그게 정권과 관계가 있나요?"

"몰랐니? 우리 DC 코믹스는 공화당을, 마블은 민주당을 오래 전부터 후원해왔어. 하긴 레이건 시절부터 죽 공화당이었으니

---

* DC 코믹스와 함께 히어로 만화의 쌍벽을 이루고 있는 만화산업체. DC가 슈퍼맨, 배트맨, 원더우먼, 아쿠아맨 등의 대표 캐릭터를 보유하고 있다면, 마블은 스파이더맨, X맨, 헐크, 캡틴 아메리카 등의 대표 캐릭터를 보유하고 있다.

네가 모를 만도 하겠구나. 아무튼 당분간은 마블의 영웅들과 연락할 일이 많아질 거야. 그렇게 알고 있음 돼. ……물론 누가 나서건, 또 누가 정권을 잡건 상관은 없어. 우리는 다 같은 영웅들이고, 결국 같은 목적을 안고 함께 나아가는 거니까. 글쎄, 그건 그렇고 마블의 영웅이라면 누가 좋을까?"

"물론 스파이더맨이나 아이언맨이지 않을까요?"

"좋지 않은 생각이야. 스파이더맨은 이미 원더우먼과 공조체제를 맺고 있고, 아이언맨은 걸프전 때 찰과상을 입었다는 소문이야. X맨들은 분명 DWSR*에 투입될 테고……"

"캡틴 아메리카는요?"

"그 친군 밥맛이야. 마치 해병전우회랑 손을 잡는 기분일걸?"

물론 건성으로 던진 의견이었다. 뭔가 의견을 구하는 듯 보여도, 내가 아는 아쿠아맨은 남의 의견 따위는 절대 듣지 않는다. 즉, 결정을 해놓고도 '마블의 영웅이라면 누가 좋을까?'이고, 뻔히 알면서도 '캡틴 아메리카는요?'인 셈이다. 이런 걸 세상에선 시간낭비라고 부른다지 아마? 물론 그 탈출구에 대해서도 나는 잘 알고 있었다.

"출출하지 않으세요?"

"벌써 점심시간인가? 그럼…… 그건 그렇고 점심 메뉴는 뭐

---

* 달러-월스트리트 체제(Dollar-Wall Street Regime). 뉴욕의 증시와 연계한 달러화의 금리, 가치 인상체계.

가 좋을까?"

"핫칠리 스파게티는 어떤가요?"

"좋은 생각이야!"

역시나, 아쿠아맨이 대답했다.

*

"처음 뵙겠습니다. 브루스 배너*라고 합니다."

아쿠아맨의 초청으로 마블에서 건너온 영웅은, 닥터 브루스 배너란 인물이었다. 이럴 수가. 기대를 잔뜩 했던 마블 최강의 사나이는 허약한 체형에 섬섬옥수, 게다가 '레디 고'만 떨어지면 언제라도 눈물을 흘릴 수 있을 듯한 아기사슴 밤비와 같은 눈을 가진 중년의 남자였다. 게다가 학자였다. 아무리 생각해봐도,

해병전우회가 더 낫지 않겠나,

란 생각이 들었으나, 모두가 그를 어처구니없을 정도로 정중히 대하는 것이었다. 심지어 저 슈퍼맨과 부르스 웨인마저도, 말이다. 역시 사람은 배우고 봐야 해, 란 생각을 하고 있는데 누

---

* 마블의 대표작 『헐크』의 주인공. 소심한 성격의 과학자였으나 실험 도중 실수로 감마광선에 노출되어 헐크가 되었다. 평상시엔 인간의 모습. 그러나 극도로 흥분하면 무시무시한 헐크로 변신한다.

군가 등을 두드렸다. 돌아보니 긴장한 표정의 로빈이 한 권의 만화책을 내밀며 서 있었다. 뭐야?

그 만화책의 제목은 '헐크(The Incredible Hulk)' 였다.

오, 이런 맙소사! 찬찬히 만화를 넘겨보던 나는, 아무래도 해병전우회는 곤란하지, 란 사상적 전향을 자동으로 꾀하게 되었다. 저 밤비의 눈빛으로 '제발 부탁이에요. 절 화나게 하지 마세요' 를 외치는 박사를 상상하며, '제발 부탁이에요. 절대 화내지 마세요' 라고 천 번이라도 부탁하고 싶은 심정이었다. 어쩌자고, 내가!

"문제는 EU(유럽공동체) 놈들입니다. 아시겠습니까?"

아쿠아맨이 말하자 배너 박사가 고개를 끄덕였다.

곧 울 것 같은 표정이었다.

*

협상장소에는 곧 울 것 같은 표정의 브루스 배너 박사와 아쿠아맨, 그리고 내가 참석했다. 별다른 일은 일어나지 않았다. 단지, 이 년을 넘게 끌어온 우루과이라운드의 최대 과제라 일컬어지던 농업보조금의 감축문제가 그 자리에서 타결되었다.

별다른 일을 한 것도 아니었다. 아쿠아맨이 준비한 우리측의 협상문서 속에는 마블 코믹스『헐크』가 한 권씩 들어 있었고, 그것을 꼼꼼히 읽은 EU의 대표들에게 일일이 브루스 배너 박사가 악수를 청한 것이 전부라면 전부였다. 그것은 어딜 보더라도 신사적이고, 정중하고, 겸손하고, 간절한 호소였다.

"제발 부탁이에요. 절 화나게 하지 마세요."

곧 울 것 같은 표정의 박사를 알아본 EU의 대표들도, 곧 울 것 같은 표정이 되어 말했다. 역시 어딜 보더라도 신사적이고, 정중하고, 겸손하고, 간절한 대답이었다.

"양보합니다. 양보한다니까요."

오, 놀라운 국제사회의 예의범절! 나는 가슴이 뭉클했다.

그것이 시작이었다. 우리는 아쿠아맨의 해마(海馬)호*를 타고 세계 곳곳의 바다를 누비고 다녔고, 각국의 만(灣)과 항구와 운하를 돌며 자유무역의 강화를 위한 모든 노력을 기울였다. 어딜 가나 그 지역을 관장하는 아쿠아맨들이 있었으므로 체류와 숙박의 문제에는 아무런 어려움이 없었다. 아니 어렵다기보다, 그것은 오히려 또하나의 즐거움이었다.

해변의 요양지와 최고급 호텔, 그리고 최상의 콜걸들이 우리를 기다리고 있었던 것이다. 물론 틈만 나면 끼어드는 핫칠리 스파게티만 제외한다면, 이 또한 최고의 요리들을 만끽했다고도 할 수 있을 것이다.

---

* 아쿠아맨이 타고 다니는 함정 겸 잠수함. 원작 만화에서는 진짜 해마를 타고 다니는 것으로 나오지만 그것은 거짓말이다. 실제로는 4~5인승의 작은 함정이다.

아쿠아맨은 왕성한 정력가였다. 중요한 협상이 있는 전날 밤에도 보란 듯이 여자들을 불러들였고, 1:2나 1:3의 요란한 섹스를 즐기곤 했다. 주로 그 지역을 대표하는 영화배우라든지, 모델이라든지 하는 여자들이 그를 찾아왔고, 뭐랄까 확실히 그 지역을 대표해 밤새 자신들의 몸을 활짝 개방하곤 했다.

여하튼 시끄러운 섹스였다. 아쿠아맨에겐 깜짝 놀랄 만한 습관이 있었는데, 그건 섹스 도중 고래고래 고함을 지르는 것이었다. 왜 개방을 거부하지? 좋아, 벌려! 블록(Block)이라고? 옳거니, 내가 뚫어주지! 그리고 원인을 알 수 없는 '찰싹찰싹' 이라든지, '아그르르르' 라든지 등의 소리가 언제나 들려왔기 때문에, 배너 박사와 나는 밤잠을 설쳐야 했다.

결국 그런 이유로, 박사와 나는 친구가 되었다. 우리는 섹스의 소음을 피해 호텔의 바라든지, 클럽이라든지 등의 분위기 좋은 테이블을 함께 상대했던 것이다. 물론 여자를 싫어할 리는 없겠지만, 박사는 절대 흥분을 해선 안 된다는 이유로, 나는 나대로 실은 원더우먼을 짝사랑한다는 이유로, 서로의 술친구가 되어준 것이다.

"박사님은 언제 그런 몸이 되신 거죠?"

"물론 스탠 리*의 원작에 따르면 1962년이라고 할 수 있겠지.

---

* '헐크' 를 창조해낸 마블의 전설적인 크리에이터. X맨을 비롯한 대부분의 마블 히어로들을 창시한 인물이다.

실수로 감마광선을 쪼이게 된 한 과학자의 비극이라고나 할까, 하지만 너도 알듯이 그건 대외적인 구실일 뿐이야. 실제의 나는 닉슨의 영향을 받은 거란다."

"닉슨?"

"그래, 닉슨 말이야. 닉슨이야말로 미치광이 이론*을 제대로 정립시킨 위대한 인물이지. 아무튼 그 시절엔 모든 게 '제대로' 였어. 알겠나? '제', '대', '로' 였단 말이야!"

그리고 박사는 입을 다물었다. 얘기를 계속하다보면 금방 화를 내게 될 거란 걸, 스스로가 예측했기 때문이다. 아무도 이해할 수 없는 긴장감이 바의 실내를 흐르는 스탄 게츠의 음악 속에 엇박자의 베이스 음처럼 스며들고 있었다. 그 긴장감을, 나는 견딜 수 없었다.

"'아그르르르'는 도대체 어떻게 해서 나는 소릴까요?"

박사는, 싱긋이 미소를 지으며 다음과 같이 대답했다.

"'제대로' 안 해서 그런 거야."

물론 내가 박살이 날 뻔한 샌디레인호텔의 바를 구한 것은 비공식적인 업적이지만, 그해와 그 이듬해에 걸쳐 우리는 실로 많은 활약을 펼쳤다. 1993년 도쿄에서 열린 G7 회담에서는 공산

---

* mad man theory : 우리의 적들은 우리가 미칠 수도 있고 예측이 불가능하며, 가공할 파괴력을 구비하고 있다는 사실을 직시하고 겁에 질려 우리의 요구에 순응할 것이다, 라고 닉슨이 주창한 냉전시대의 외교논리.

품시장 접근안(案)에 대한 합의를 이끌어냈고, 이에 따라 미국 행정부의 신속처리권한(Fast-Track Authority) 시한에 맞춘 우루과이라운드 협상 타결의 최종시간을 1993년 12월 15일로 설정, 수차례의 의견조정 끝에 결국 일괄 타결을 이뤄냈다.

"브라보!"

임무의 완수를 자축하던 프리벤투라호텔의 특실 파티에서 우리는 또 한 가지 기쁜 소식을 전해 들을 수 있었다. 정의의 본부에서 송신된 긴급 메시지였다.

올해의 영웅상(英雄賞) 수상자 발표

수상자 : Dr. 브루스 배너

마침 우리는 플로리다 지역 오렌지 연합상인회의 기부로 무한정의 파티를 펼치던 중이어서 그 기쁨은 더욱 큰 것이었다. 광란의 밤이었다. 아쿠아맨은 일찌감치 플로리다의 미스 오렌지들과 특실 하나를 차지했고, 오렌지를 많이 먹는 여자들은 또 뭐가 그리 다른지, '뻥' 하는 펩시콜라의 병마개를 따는 소리라든지, '푸구리 루푸파파' 라든지 등의 소리가 끊임없이 새어나왔다. 뻥, 1871년산 '코델 보들리에리' 의 병마개를 따며 박사가 말했다.

"'푸구리 루푸파파' 라니, 오늘은 제대로군."

"그렇죠 박사님?"

"이제야 세상이 제대로 돌아가는 느낌이야."

올해의 영웅이, 미소를 지으며 말했다.

*

바로 그 무렵이, 나로서는 가장 가슴 벅찬 시기가 아니었나 싶다. 로빈은 말할 것도 없고 슈퍼맨도 원더우먼도, 심지어는 웨인마저도 나에게 수고했다는 말을 아끼지 않았다. 가슴이 뭉클했다. 임무다운 임무를 완수해낸, 비로소 영웅다운 영웅이 된 듯한 느낌이었다.

연이어 크리스마스에는 올해의 영웅상 시상식이 있었다. 시상식은 정의의 본부 내에 위치한 임페리얼 컨벤션센터에서 개최되었고, 박사와 아쿠아맨과 나는 턱시도를 갖춰입은 채 수상식장에 나란히 앉게 되었다. 드디어 박사의 이름이 울려퍼지고, 무대의 대형 스크린에서 박사의 활약상을 편집한 영상이 끊임없이 흘러나왔다.

"제발 부탁이에요. 절 화나게 하지 마세요. 정말이지, 무서운 일이 일어날지 모릅니다."

그리고 기겁을 하는 EU의 대표라든지, 아시아 정상들의 표정이 클로즈업되기 시작하자 참석자들은 하나둘 좌석에서 일어서기 시작했다.

기립박수였다.

나는 결국 울고 말았다. 그 영예의 현장에 내가 함께 서 있다는 사실, 또 그 업적의 한켠에 나의 이름이 올라 있다는 사실에 그만 가슴이 벅차오른 것이다. 이어 배너 박사에게 천만불의 상금과 트로피가, 그리고 명예의 전당에 보존될 박사의 골드마스크가 공개되었다. 물론 혜택은 박사에게만 주어진 것이 아니었다. 우루과이라운드의 타결을 이끌어낸 공로로 우리 팀 전원에게 육 개월의 특급휴가가 주어졌다.

특급휴가! 그것은 모든 영웅들의 꿈이자 바람이었다. 이 지구의 '정의'를 지키는 일에는 그만큼 여러 가지로 성가신 문제들이 따르기 때문에, 영웅들은 늘 격무에 시달리게 마련이었다. 슈퍼맨의 표현대로 때론 '확 쓸어버리고 싶을 때가' 정말이지 한두 번이 아니었다. 소수민족이니 뭐니, 인권침해니 뭐니, 보호경제니 뭐니……

아아 왜 신은 이 지구를 편안하게 우리의 손에 넘겨주지 않는 단, 말인가.

어쨌거나 그런 복잡한 일들일랑 잊어버리고, 우리는 휴가준비에 박차를 가했다. 아쿠아맨은 해마호의 정비에 여념이 없었고, 박사는 새로운 레저 시설에 대한 정보를 알아내느라, 나는 핫칠리 스파게티를 교묘히 피해갈 수 있는 호텔 코스의 발굴에 열을 올렸다.

그리고 1994년이 시작되었다. 휴가의 첫날인 1월 1일 아침, 우리는 대서양의 파도 위에 두둥실 떠 있었다. 그저 오렌지의 행복한 추억이 떠오르는 플로리다에서의 출발이었고, 잭슨빌 항공모함기지의 A-081 비밀 독에서였으며, 첫 목적지는 쿠바의 아바나였다.

"출발!"

아쿠아맨의 명령과 함께 독의 문이 열리기 시작했다. '아그르르르' 한 세상사를 뒤로 한 채, 해마호의 선두가 천천히 바다의 물살을 가르기 시작했다. 그리고 가까운 대륙붕의 어귀를 벗어났을 즈음, 산란을 서두르는 해마처럼 우리의 배는 잠수를 시작했다.

두 귀 가득히, '푸구리 루푸파파' 한 물소리가 들려왔다.

*

그 여행의 시작이 어떤 비극으로 치닫게 되는지는 아무도 예측하지 못했다. 잭슨빌 항공모함기지를 벗어나 한 시간 가량 운항을 계속하다가, 마이애미를 돌아 플로리다 해협과 멕시코만의 초입을 잇는 북회귀선의 근처에서 우리는 그 불행과 대면해야 했다.

"츠나미(tsunami)다!"

갑자기 고함을 지른 아쿠아맨의 안색이 창백하게 변했다.

"츠나미라니, 무슨 말이야?"

"츠나미란, 지진성 해일(seismic sea wave) 혹은 조석파(tidal wave)라고도 하는데, 주로 해저지진에 의해 발생하는 갑작스러운 해일파를 일컫는 말이지. 츠나미를 일으키는 해저지진은 해양지각 아래 50킬로미터 이내의 깊이에서 발생하며, 강도는 리히터 척도로 자그마치 6.5 이상이야. 지진이나 다른 충격이 가해진 후 단순하고 점진적인 진동파(振動波)의 여파는, 마치 얕은 연못에 돌을 던졌을 때 진동파가 수면 위로 점차 큰 원을 그리면서 퍼져나가듯 해수면 위 멀리까지 전파되지. 심해에서의 파장은 100~200킬로미터로 매우 길지만, 파고는 0.3~0.6미터로 매우 낮아. 결과적으로 파장에 대한 파고의 비를 나타내는 파형기울기는 3/2,000,000 ~ 6/1,000,000 범위에 해당하게 되지. 이러한 낮은 파형기울기와 더불어 오 분에서 한 시간에 달하는 해파의 긴 주기 때문에, 일반적인 풍랑과 너울에 의해 생긴 해파와 식별이 어려워. 그래서 감지가 힘들다는 것도 한 특징이지. 츠나미는 다른 종류의 해파와 마찬가지로 근해(近海)의 해저지형이나 연안지형에 의해 반사되거나 굴절되는데, 이들의 영향은 지역에 따라 매우 다양하게 나타나. 간혹 연안에 파골 부분이 먼저 도달하기도 하는데, 이 경우에는 물이 감소해 얕은 해저가

드러나기도 하지. 이런 현상은 1755년 11월 1일 포르투갈의 리스본에서 일어난 적이 있는데, 이때 이 현상에 호기심을 가진 사람들이 바닥이 드러난 만에 있다가 불과 수분 후에 연속적으로 밀려온 파도에 전부 희생되었지. 가장 파괴적인 츠나미로는 1703년 일본의 아와(阿波)지역에서 발생한 것을 들 수 있는데, 이는 십만 명 이상의 사망자를 낸 것으로 알려져 있고, 1883년 8월 26일과 27일에 일어난 방대한 규모의 해저 화산폭발은 크라카타우 섬을 소멸시켰는데, 이때 동인도 여러 지역에서는 35미터에 달하는 높은 해파가 발생해서, 3만6천 명 이상의 사망자가 나온 걸로 유명해."

과연 수중의 왕자답게, 아쿠아맨이 일사천리로 답변을 해줬지만, 일사천리는 일사천리고, 눈 깜짝할 새에 해마호는 격심한 충격의 파랑 속으로 휩싸여들어갔다. 혼미해져가는 정신의 끝자락에서 나는 아쿠아맨을 힐책하는 배너 박사의 "니 똥 굵다"라는 소리를 들었고, 거기에 화답이라도 하듯 연이어 터져나온 아쿠아맨의 비명 소리를 들을 수 있었다.

아주 먼 곳에서, '아그르르' 한 물소리가 들려왔다.

*

내가 눈을 뜬 것은, 그러니까 1월 9일의 아침 무렵이었다. 베게는 흥건히 젖어 있고, 매캐한 연기의 그을음 같은 것이 코를 강하게 자극하고 있었다. 흐릿하던 초점이 일치하며 드러난 것은 붕대를 감고 있는 배너 박사의 얼굴이었다. 여기가 어딘가요? 신기하게도, 내 목을 통해, 내 목소리가 울려나왔다. 살았구나. 여긴 멕시코야, 오늘은 1월 9일이고. 이마에 손을 짚어주며 올해의 영웅이 얘기했다. 그리고 재빠른 귓속말로 캐나다에서 왔다고 해! 절대로! 알았지? 라고 속삭였다. 영문을 알 수는 없었으나, 나는 일단 고개를 끄덕였다.

나중에 알게 된 일이지만, 정말이지 나는 믿을 수 없는 장소에 믿을 수 없는 이유로 누워 있었다. 그러니까, 멕시코 치아파스의 인디언 부락, 한 농가의 침침한 움막 속에, 물론 예전엔 평범한 농가였으나 지금은 사파티스타* 반군(叛軍) 거점의 중심이 되어 있는 그곳에, 더구나 1월 1일부터 시작되었다는 그 반란의 중심에…… 조난을 당한 캐나다인으로 누워 있었던 거다.

"왜 반란을 일으킨 거죠?"

"미국의 자유무역정책에 반대해서야."

"누가요?"

---

* 사파티스타 반란 : 북미자유무역협정에 반발, 원주민의 권리와 민주주의 보장, 자유와 정의를 요구하면서 1994년 1월 1일 봉기한 멕시코 치아파스 지역의 대규모 반란.

"이곳의 농부들이……"

"왜요?"

"'정의'를 모르는 무리들인가보죠?"

"모르거나, 알거나, 둘 중의 하나겠지."

"아쿠아맨은 어딨죠?"

"죽었어."

"아아, 본부에 연락할 길은 없나요?"

"이봐, 해마호는 하늘을 날아와 저 언덕 200미터 아래에서 추락했다고 해. 인디언들이 우릴 꺼내자마자 곧 폭염에 휩싸였고."

"아아, 그럼 어쩌죠?"

"일단은 정신부터 차려."

나와 박사를 돌봐준 것은 마흔 살 전후의 인디언 여인이었다. 비록 '정의'를 모르는 나쁜 무리이긴 해도, 그녀는 열과 성을 다해 나를 치료해주었다. 매캐한 연기의 정체는 약초를 태우는 것이었고, 그 약초를 달인 즙과 빻은 가루들이 나의 몸속에 투입되거나 상처에 스며들거나 했다. 회복을 위해 그 전부를 받아들이긴 했으나, 나는 결코 경계의 끈을 늦추지 않았다. 어쨌거나, '정의'를 모르는 나쁜 무리들인 것이다.

가끔은 총을 멘 남자들이 움막을 찾아왔다. 한결같이 과묵한 사람들이었다. 나쁜 무리들은 마치 이웃을 대하듯 우리의 차도를 확인한 후 자신들의 숙소로 돌아가곤 했다. 대부분의 인디언들이 스페인말을 썼기 때문에, 대화는 주로 마르코스란 인물을 통해 이루어졌다. 쉰을 넘긴 듯한, 영어에 능통한 반란군 사병이었다.

"전투가 조금 잠잠해지면, 본토 쪽으로 나갈 방법이 열릴 게요."

아니나 다를까, 과묵한 남자였다. 그는 때로, 단 한마디의 말도 없이 불붙인 담배를 우리에게 건네주곤 했는데 그야말로 기가 막힌 맛이었다. 뭐랄까, 연기가 돌 때의 그 기분은…… 요단강에서 몸을 씻고 나와 그리스도로부터 죄사함을 받는 느낌이어서, 자칫 나는 마르코스를 좋은 친구로 여길 뻔했다. 나쁜 놈들. 마르코스가 사라지면, 박사는 늘 침을 뱉으며 중얼거렸다.

"환자에게 담배를 주다니! 이 얼마나 나쁜 놈들이란 말인가."

걸어다닐 수 있을 정도로 몸이 회복되자 오히려 마음은 더욱 복잡해졌다. 그곳을 빠져나오는 것도 문제였지만, 또 뭐랄까 그 어이없는 반란을 방관만 하는 것도 영웅의 도리가 아니란 생각이 들어서였다. 무기만 없다면 찢어지게 가난할 뿐인 이 인디언 농부들이, 나 참 지구라도 정복할 생각인가? 슈퍼맨의 응징을 받기 전에 내가 이들을 설득할 수 있다면 이 또한 바람직한 일이 아니겠나 싶어 마르코스에게 물었다.

"이봐, 농사나 짓지 반란은 왜 하는 거야?"

큰 눈을 끔벅이며, 놀란 소 같은 표정으로 마르코스가 말했다.

"우리가 총을 든 건 농사를 짓고 싶어서야."

도무지 말이 안 통하는 것, 그것도 '나쁜 무리'들의 도드라진 특징 중 하나지. 슈퍼맨의 강의를 떠올리며, 나는 하늘을 올려다보았다. 슈퍼맨, 빨리 와줘.

슈퍼맨은 오지 않고, 반군의 세력은 점점 커져만 갔다. 마르코스의 얘기론 치아파스 전역이 반군의 거점이 된 듯했다. 올해의 영웅으로서, 결국 박사도 더는 두고 볼 수 없는 입장이 되어버렸다. 이곳을 싹 쓸어버리고 본부로 돌아가자. 박사가 결심을 굳힌 것은 '나쁜 무리'들이 우리를 본토에 넘겨주기 직전의 일이었다.

그러니까 박사의 목이 완쾌된 2월의 중순 무렵이었다. 평소와 다른 요란한 소음에 움막을 나가보니 한 대의 낡은 트럭이 먼지를 일으키며 서 있었다. 마르코스와 함께 트럭의 짐칸에 올라탄 우리는, 덜컹덜컹 희뿌연 먼지와 고무나무가 무성한 비포장 도로를 끊임없이 달리기 시작했다. 이별을 아쉬워하는 표정으로 마르코스가 담배를 건네주자 박사는 마르코스의 손을 잡고 이렇게 호소했다. 물론 신사적이고, 정중하고, 겸손하고, 간절한 호소였다.

"이봐요, 날 좀 화나게 해주세요."

역시나, 놀란 소처럼 마르코스가 대답했다.

"왜?"

"하여간에 화나게 해달라고요. 때리거나 총을 쏘거나, 맘대로 말입니다. 제발!"

"싫어, 왜 그래야 하지?"

"오, 제발! 제발이요!"

끔벅끔벅, 트럭이 멈춰설 때까지 생각에 잠겨 있던 마르코스가 차에서 우리를 내려주며 말했다.

이쪽으로 곧장 걸어가면 본토로 갈 수 있어. 군인들을 만나면 캐나다대사관으로 인계를 부탁해. 그럼 조심해서 가게, 친구들. 딴 생각 하지 말고 말이야! 그리고 한 갑씩의 담배를 주머니에 찔러준 후, 손을 흔들며 돌아갔다.

결국 희뿌연 먼지와 고무나무가 무성한 비포장도로 위에 남은 것은 박사와 나 둘뿐이었다. 자존심이 상한 박사의 얼굴은 심하게 일그러져 있었고, 나는 이토록 신사적이고, 정중하고, 겸손하고, 간절한 청을 끝끝내 거부하는 '나쁜 무리'들이 또 얼마나 '나쁜 무리'인가를 새삼 마음 깊이 되새길 뿐이었다.

약속이라도 한 듯, 우리는 담배를 꺼내물었다.

아무리 걸어도 군인 따위는 나오지 않았다. 이상한 일이었다. 결국 우리는 근처를 지나던 목재상의 픽업을 향해 손을 흔들었고, 그 소형 픽업의 앞좌석에, 목재상과 목재상의 아내와 함께 끼어앉아 그 먼지의 땅을 벗어날 수 있었다. 눈짐작으론 도저히 불가능한 일일 것 같았으나, 목재상의 아내는 무척 크면서도 부드러운 엉덩이를 가지고 있었다.

브루스 배너 박사는 히치하이크의 달인이었다. 아마 내가 운전사였더라도, 그 슬픈 눈동자와 신사적이고, 정중하고, 겸손하고, 간절한 손동작과 마주쳤다면 차를 세우지 않고서는 견딜 수가 없었으리라.

"많이 해본 솜씨군요." 내가 말했다.

"많이 해본 솜씨지." 박사가 대답했다. 결국 우리는 286번의 히치하이크 끝에 워싱턴으로 돌아올 수 있었다. 특급휴가 기간은 이미 바닥이 드러난 상태였고, 그 모든 자초지종은 둘만의 비밀에 부치기로 박사와 나는 굳게 약속했다.

공개적으로 우리는,

아바나의 비밀사교클럽과 리우데자네이루의 역시나 비밀환락클럽랜드에서 환상의 육 개월을 보내고 왔노라고 떠벌리고 다녔다. 어찌나 좋았던지, 아쿠아맨은 복상사(腹上死)를 했으며 유언에 따라 현지에서 화장(火葬)을 했다는 거짓말도 덧붙였다. 그 정도로? 로빈만이 머리를 쥐어뜯었을 뿐, 영웅들은 그다지

신경을 쓰지 않는 눈치였다. 하긴, 복제 아쿠아맨이라면 언제든
통조림만 따면 되는 것이다. 물론 국가기밀에다,

　따기 편한 원터치 캔, 말이다.

DC의 크리에이터들과 모든 이야기들의 자초지종

한국? 왜 하필 한국이지?

케인의 목소리는 싸늘했다. 로버트 케인. 39세, 내가 속해 있는 크리에이티브 팀의 디렉터 겸 책임자. 즉, 나의 상사.

원본을 따랐을 뿐입니다. 실은 저도 한국을 잘 모릅니다.

따, 따, 따, 따 대답을 하긴 했어도 이미 죽을 쒔다는 느낌이다. 안 돼, 끝이다. 낙담하는 나는 그레이스 헤일리. 24세, 이곳의 스토리 작가이자 캐릭터 크리에이터. 지금은 말단이지만, 앞으로 DC 부흥의 주역이 될 무한한 가능성의 소유자. 물론, 그건 순전히 내 생각. 현실은…… 아아 말하기 싫어.

*

    선배 크리에이터들의 습작들, 특히 이젠 아무도 거들떠보지 않는 캐비닛 속의 파본(破本)까지 모두 긁어모아온 건 순전히 욕심 때문이었다. 그러니까, 두 달 전의 일인데……

    그때의 상황은 어땠냐 하면, 새로운 영웅의 개발에 목숨을 건 분위기였다. 즉, '영웅'을 만들면 '영웅'이 되는, 그런 분위기. 게다가 경쟁사 마블의 『X맨』이 영화화되더니, 곧이어 〈스파이더맨〉의 예고편이 전국을 강타하고, 또한 〈헐크〉의 촬영이 진행 중이라는…… 아아, 분위기 알겠지? 크오오오. 케인이 그런 비명을 지른 건 입사 이래 처음 있는 일이었다지 아마?

    DC는 한물갔다는 말, 물론 사실일지 모른다. 그래서 내가 이곳에 온 거라고, 나는 늘 믿었던 거다. 각설하고, DC에 새로운 영웅이 절실히 필요했다는 얘기. 결국 일 주일을 꼬박 각종 파일과 파본 따위를 파먹고 살다가 발견한 것이 호외본 『바나나맨의 탄생』이었다. 읽고, 그대로 뒹굴었다. 뒹굴었다가, 몸이 뒤집힌 갈라파고스 거북(착각하지 마, 난 슬림한 여자야)처럼 일어나지 못했다. 노땅 DC에서 이런 영웅을 생각했었다니! 뭐랄까,

    신선한 충격이었다.

    황인종? 언뜻 떠오른 것이 토드 맥팔렌의 스폰*이었다. 별다른 거 있어? 스폰은 오직 흑인 영웅이란 이유 하나로 스타덤에

올라버렸다. 그전까지, 도대체 어떤 크리에이터가 유색 인종을 영웅으로 만들 생각을 했겠는가? 미국에 사는 흑인들의 숫자가 얼마? 셀 수도 없지? 즉 모든 성공에는 다 이유가 있는 것이다. 인터넷 검색 결과는 더욱 놀라웠다. 뭐야, 숫자로는 지구에서 가장 많은 인종이라고?

　그럴 리가, 라고 생각함과 동시에

　바로 이거라고(!),

생각해버렸다. 젠장, 두 달 전의 케인은 "꽤, 흥미로운걸"이라고 도 얘기했었다.

　"DC 히어로들의 가장 큰 문제점이 뭔지 아세요?"

　"뭐지?"

　"너무 강하다는 거예요. 마블의 영웅들에게 자리를 뺏기는 이 유가 거기 있다구요. 마블을 보세요. 비록 영웅이지만, 그 능력 을 제하면 평범한 인간들보다 더한 슬픔과 콤플렉스에 시달리 고 있다구요. 요즘 대중이 원하는 건 그런 드라마를 간직한 영 웅, 복잡한 내면을 가진, 불완전한 영웅이에요."

　"글쎄, 그래서 황인종이라……."

　"전 '바나나맨'을 아주 친근한 영웅, 그러면서도 슬프고 코믹 한 그런 복잡한 존재로 부활시키려고 해요. 즉 DC 최초의 블랙

＊ 마블의 견습만화가였던 토드 맥팔렌이 독립 후 창조해낸 신세대 영웅. 최초의 흑 인 히어로라는 점이 강하게 어필, 엄청난 성공을 거두었다.

코미디 히어로가 탄생하는 거죠. 팬들도 신선하게 받아들일 거라고 생각되는데……"

"기존 DC 팬들의 반감도 무시할 순 없을걸? 적어도 이 세계에선 아직 화이트 히어로가 정석이란 걸 알아야 해."

"그래서 마블의 히어로들에게 자리를 모두 내주자는 건가요? 보세요 케인, 당신이 얘기하는 팬들은 이미 슈퍼맨과 함께 사망했어요. 또 설사 그렇지 않다 쳐도 강한 영웅이 아니란 것, 슬프고 웃기는 덜떨어진 모습이 오히려 그런 팬들의 우월감을 충족시켜줄 거란 생각은 왜 안 하시는 거죠?"

"우월감의 충족이라! 꽤 현실적인 얘기야. 좋아 추진해봐."

코모도 왕도마뱀처럼 으쓱한 얼굴로 분명 그런 말을 자기 입으로 내뱉은 게 두 달 전의 일이다. 지난 두 달간 내가 몇 시간씩 잤는지 아무도 모를 거다. 아마 체크라도 했으면 기네스의 최소 수면 부문에서 신기록이라도 세웠겠지. 그토록 심혈을 기울였는데, 망할, 모두 물거품이 되어버렸다. 케인, 내가 당신이었다면 지금 아마 게거품을 물었을 거야. 작작해. 운도 따라주지 않았다. 바로 어제, 무역센터가 사라진 것이다. 어쩌면 모든 원인은 거기에 있는지도 모른다. 확실히, 출근길에 마주친 사람들의 표정에는, '돌아와줘요, 슈퍼맨'이라고 씌어 있었다. 내 객관적인 판단으로도, 슈퍼맨을 다시 그리는 게 훨씬 낫겠단 생각이다. 지금 이 시점에 슬프고 코믹한 황인종 영웅? 웃기고 자빠졌

네, 라고 케인은 생각한 거다.

*

두 달 동안 나는 줄곧 이 남자에 대해 생각했다. 집에 돌아가면 아마도 한 마리의 애완동물처럼 이 남자가 어딘가에 웅크리고 있을 듯한 기분. 잘 보면 애완견이랄까, 혹은 고양이랄까, 확실히 그런 느낌이 이 남자의 어딘가엔 짙게 배어 있다.

즉, 가축과 같은 그 느낌이, 날 사로잡았다고 할 수 있다.

확실히 그런 느낌이었다. 지난 두 달간 나는 열과 성을 다해 이 남자를 길렀다. 도대체 뭐가 잘못된 거지? 케인의 방을 나오며 나는 줄곧 생각했다. 뭐가 잘못된 거냐구? 사람들이 가축을 얼마나 사랑하는데!

크게 생각해, 크게! 만화는 하나의 세계를 구축하는 작업이야. 귀에 딱지가 앉도록 들었던 케인의 말이, 모르긴 몰라도 그 귀의 딱지 위에 다시 생채기를 내는 기분이다. 앗 따가워. 그래, 내 생각에 문제가 있었던 건 아닐까? 책상 위의 지구의(地球儀)를 빙글 돌리며, 나는 되도록 크게, 크게 생각하기 위해 애를 쓴다.

아무리 크게 생각해도 이 지구 위에 무수한 수의 가축들이 서식한다는 건 어쩔 수 없는 사실이다.

크게 생각하면 할수록, 이 남자는 한 무리의, 한 민족의, 한 종의 가축을 대표하는 인물로 성장할 따름이다. 글쎄, 숫자로는 지구 최강이라니까. 크게 생각하지 못한 건 케인, 바로 당신이 야. 조커를 설득하는 데 실패한 캣우먼처럼, 나는 갸르릉거린다.

물론 속으로, 다시 지구가 돌아간다. 아니, 내가 돌린 반대방 향으로 지구의를 빙글 돌리며 선 이 인간은 밥 앤더슨. 나랑 동 갑의, 같은 팀의, 같은 캐릭터 크리에이터이자 경쟁자인, 한마 디로 밥맛인! 아침 미팅에서 브롱크스 출신의 이 밥맛이 들고 나온 영웅은 '캅맨'. 말 그대로 지구경찰이란다. 환장하겠네. 이 브롱크스 산(産) 밥맛의 면상을 쳐다보자니 절로 갸르릉 소리가 새어나온다.

"왜?"

"케인이 들어오래." 히죽거리며 놈이 말한다. 아침 미팅에서 케인은 이놈의 손을 들어주었다.

글쎄, 세상이 이렇다니까.

*

"헤일리 양, 만약 자네가 '스폰'의 피부색 마케팅을 차용하고 자 했다면 문제는 더 심각해. 그래서 내가 묻는 거야. 왜, 하필, 한국, 이냐고! 원작자의 의도를 중시했다? 그건 유능한 크리에 이터가 할 수 있는 답변이 아냐. 난, 바로, 그 점을, 지적하고 싶어. 왜? 자네는 '황인종'에 대해 정말 아무것도 모르고 있으니까. 그들은 결코 서로를 좋아하지 않아. 예를 들어 '바나나맨'이 한국인이라고? 그러면 중국계와 일본계의 지지는 일찌감치 포기해야 해. 그야말로 한국인만의 영웅을 만드는 셈이지. 알겠나? 그게 바로 '황인종'이야! ……그러니까, 자넨 선택을 했어야 했어. 아마 칠, 팔십년대였다면 일본이 가장 현명한 선택이었겠지. 바나나맨의 국적으로 말이야. 물론 지금이야 중국인이 베스트고. 왜? 달러는 주머니의 두께나 인간의 머릿수만큼 올라가는 거 아니겠어? 그런데 자네는 얼토당토않게 한국을 선택한 거야. 마케팅을 전혀 고려하지 않은 0점짜리 기획이란 거지. 맙소사 한국이라니, 그건 그야말로 어중간하잖아. 그리고 바나나맨이 상대하는 적이…… 보자, 누구였더라…… '디아블로 압둘'? 그래, 좋아. 왠지 이슬람의 냄새가 나는 게 좋은 이름이군. 그런데 이게 타당한 얘기냐 이거지. 자네의 의도대로 그런 소박한 영웅이라면 악당도 거기에 걸맞는 수준이라야 얘기가 풀릴 거야. 맙소사, 디아블로 압둘의 파워는…… 이거야 원, 슈퍼맨이라도 나서야 될 지경이로군. 어쩌자는 거지? 어쩌자는 거냐고. 오, 이런 헤일리…… 지금 내가 감정적으로 얘기하고 있다고 생각하는 건가?"

"아, 아닙니다."

"헤일리 양, 나는 자네를 아끼고 있어. 자넨 우리 DC의 소중

한 재산이야. 나는 단지, 보다 정확하고 폭넓은 시야를 자네가 가져주길 바랄 뿐이야. 내 진심을 모르겠어? 내가 늘 하는 얘기가 뭐지? 만화는……"

"'하나의 세계를 구축하는 것이다.'"

"그래, 잘 기억하고 있군. 자넨 DC의 크리에이터란 걸 잊지 마. DC가 이 세계를 구축해나가는 거야. 아무리 사소한 부분도 소홀히 여겨선 안 된다구. 설사 그것이 '한국'과 같은 거라 해도 말이지. 오후의 단체회의 때는 아마 더 혹독한 비판이 쏟아질 거야. 내가 지적한 것들을 보완하고, 그 개선책을 세워 자네가 발표할 수 있다면, 나는 자네의 편이 되어줄걸세."

"가, 감사합니다."

"참, 그건 그렇고 어디 원본을 좀 볼까?『바나나맨의 탄생』이라 했나? 이건 나도 금시초문인걸. 이게 언제 때의 파본이지?"

"인쇄일은 여기…… 1990년 3월 21일입니다."

"어디…… 푸하, 과연 쓰레기통에 처박힐 만한 얘기로군."

*

화장실이 최고다.

코모도 왕도마뱀에게 물린 인간이(그것도 슬림한 미녀가!)이 넓은 회사에서 맘놓고 울 수 있는 곳은 화장실뿐이다. 빌어먹

을, 세상을 다스리는 건,

뱀들이다.

뱀들이 사무실과, 데스크와, 복도를 점거하고, 나에게 일을 가르친다. 그리고 물어뜯는다. 물론 봉급을 쥐어주는 것도 뱀들이다. 그 돈으로 나는 뱀의 자식을 잉태하고, 뱀의 알을 낳아 키운다. 무수한 뱀들이 쏟아진다…… 이때, 거기에 맞서 싸우는 한 남자가 등장한다.

쏴아아.

물이 내려가는 소리에 퍼뜩 정신이 들었다. 울면서도 이따위 망상이다. 이건 직업병이야…… 고개를 저으며, 나는 그제서야 볼일을 보기 시작한다. 이제 남은 건, 다시 물을 내리고, 나가서 화장을 고치고, 회의실을 단체로 점거하고 있을 뱀들 앞에서 이런저런 변명을 늘어놓는 일이다.

쏴아아.

에잇, 이거나 먹어라.

*

화장실이 최고였어.

설마 오후의 회의에 조지 윌슨이 들어오리라곤 상상도 못 했다. 잠깐, 숨 좀 고르자. 현역 DC의 크리에이터들 중 최고의 원로. 전설의 인물, 윌리엄 몰턴 마스턴 이후 DC 최고의 마스터라 일컬어지는 남자가 지금 눈앞에 앉아 있는 거다.

이건 완전히,

아나콘다다.

회의는 테러 희생자들에 대한 묵념으로 시작되었다. 아무래도 '디아블로 압둘'은 점수를 좀 딸 것 같다. 코모도의 지적들은 나름대로 보완을 했고, 아직 정리가 안 된 건 '바나나맨'의 무기인데, 그게 골치다. 딱히 어울리는 무기가 없어 원작의 황금 올가미를 그대로 썼는데 이 뱀들이 그걸 놓칠 리 만무하다. 하하, 원더우먼이 그걸 언제 잃어버렸지? 흘렸나? 밥 앤더슨의 요란한 조크가 벌써부터 귀에 선하다. 놈이 선제공격을 해오겠지?

원작을 빌리면 이렇습니다. 원더우먼을 짝사랑한 바나나맨이 어느 날 그녀의 진심을 알고 싶어 몰래 원더우먼의 벙커로 숨어듭니다. 원더우먼의 탐폰 구매담당이었던 바나나맨으로서는 식은 죽 먹기였죠. 결국 그는 황금 올가미를 훔치는 데 성공하고, 탐폰을 교체하는 그녀를 묶는 데도 성공합니다. 그런데 유감스럽게도 원본의 그 다음 장은 찢어져 있습니다. 과연 어떤 일이 일어난 걸까요? 그 내용을 짐작하는 것은 그리 어려운 일이 아닙니다. 질문은 물론 '저를 사랑하시나요?'였을 테고, 다음 페이지의 바나나맨이 그 길로 정의의 본부를 뛰쳐나가 정신착란을 일으킨 걸 보면 아마도 '퍽 유 몽키!'와 같은 대답이라도 들은 거겠죠. 아시겠습니까? 라고 쏘아줘야지. 좋아, 파이팅!

소속 팀 순으로 크리에이터들의 발표가 이어졌다. 새롭고 야심찬 영웅들의 모습이 속속들이 공개된다. 윌슨이 참석했다는 얘기는, 그만큼 이번 프로젝트가 중요하다는 얘기…… 비록 완벽하진 않지만, '바나나맨'에게는 신선한 요소가 있다고 나는 스스로를 무장시킨다. 나는 최선을 다했다. 사람들은 가축을 좋아한다. 이 지구에는 사람보다 많은 수의 가축들이 살고 있다. 다행히, 우리 팀의 순서가 오기 전에 잠깐의 휴식시간이 주어졌다. 재수다.

쏴아아.
나는 다시 화장실을 찾았다. 마음을 진정시키고, 화장을 다시 고치고, 다시 회의실로 들어가는데 젠장, 기다렸다는 듯 입구를 서성이는 밥 앤더슨과 마주쳤다.
"어이, 헤일리, 제법 수를 썼던데? 도대체 누구야? 애인에게 지원사격이라도 요청한 거야?"
정말이지 불알을 걷어차려다 참고 들어가는데 과연 회의실은 웅성웅성한 분위기였다.
"이봐, 어떻게 된 거야?"
혀를 날름거리며 코모도가 다가왔다.

"뭐가요?"

애기인즉슨,

조금 전 들어온 보고인데 누군가 윌슨의 이메일을 도용해 본사의 서버에 악성 루머를 남겼다는 것이다. 자칭 '바나나맨'이라는 친구래. 코모도의 눈빛에도 의심이 가득했다. 뭐야, 지금 날 의심하는 건가? DC의 앞날을 책임질 이 나를? 순간, 윌슨의 이메일을 도용할 정도라면 전문 해커인가? 라는 생각이 들기도 했지만, 그건 그렇다 쳐도 그 이름은 도대체 어떻게 된 거야? 불현듯 밥의 불알을 걷어찬다고 해결될 문제가 아니란 생각이 강하게 드는 것이었다.

즉, 뒤이어 불과 5미터쯤 떨어진 곳에서 윌슨의 짜증스럽고, 쉰 목소리가 들려온 것이다.

"어떻게 된 거야? 그놈이 왜, 아직 살아 있지?"

랄라랄랄라라 랄라라 라

눈을 뜬다.

이런 맙소사. 급히 오른팔을 뻗어 시계의 알람버튼을 더듬어 끈다. 시티즌*의 파워알람은 때로 원폭만큼이나 강렬해서, 고막의 표면에 뜨거운 방사능의 낙진이 떨어지는 기분이다. 일 초, 이 초, 낙진이 가라앉기만을 기다리듯, 다시 찾은 고요함에 고막이 적응하기만을 나는 기다린다. 수십 킬로미터 반경 안에 낙진의 비가 내리고 있다.

팔을 내린다.

---

* CITIZEN. 시계의 브랜드.

고작 네 시간을 잤다. 작살이 꽂힌 열대어처럼, 나는 파다닥 일어나 걸터앉는다. 서늘하다. 무언가 차가운 금속 같은 것이 심장을 관통한 느낌이다. 지느러미처럼 축 늘어진 발끝에 쫑긋하고 보송한 아내의 슬리퍼가 느껴진다. 그 슬리퍼의 촉감 외에는 나의 육신이라든지, 혹은 그 외의 다른 무엇도 아직은 느껴지지 않아 그저 멍한 이비인후만을 슬리퍼 위에 얹어둔 기분이다. 천천히, 슬리퍼가 그것들을 부엌으로 운반한다. 한 대의 낡은 택시가 엔진오일을 흘리며 지나가는 소리가 들린다. 택시에서 내리는 네 명의 손님처럼, 나의 이, 비, 인, 후가 냉장고 앞에 내려선다. 그중 누군가가 문을 연다. 우유를 꺼내는 것도, 봉지 속의 햄버거를 꺼내는 것도, 분명 그중의 누군가일 것이다. 아무래도 좋다. 햄버거다.

야채. 치즈와 햄의 냄새다. 전자레인지의 배기구를 빠져나온 햄버거의 향이, 뇌의 적도 근처에 몰려든다. 그리운 햄버거의 냄새도, 친구들의 뜨거운 웃음소리도 나는 아직 잊지 않았다. 자전하는 전자레인지의 중력이 쪽창 너머에 머물러 있는 어두운 지구의 일부분을 잡아당긴다. 작고, 정밀한 그 지구의 일부는 멀리 지하철역에서 이곳까지 이어지는 수백 미터의 평화로운 마을 풍경이다. 그랬군. 나는 고개를 끄덕인다. 지구는 무사했다.

"지금 가는 거야?"

잠꼬대와 같은 아침인사가 안방에서 기어나온다. 아마도, 아내이려니, 나는 짐작한다. 수면중의 아내는 또 분명, 뭔가 아내와는 다른 생명체라 말할 수 있다.

"응."

나는 또 한번 고개를 끄덕인다.

내 이름은 바나나맨. 이 지구의 변방에서 영어를 가르치며 살아간다.

*

그래서 어제의 일이다. 학원을 마치고 돌아오는 길에 약간의 현기증이 일었다. 전철에서 내려 역 구내의 계단을 막 올라설 때였다. 그만 휘청, 했으나 어찌어찌 균형을 잃지는 않았다. 휘청, 하던 그 순간에 힘들다, 라는 감정이 온몸으로 느껴졌다. 수면부족이다.

새벽반을 시작한 지가 벌써 이 주째다. 시작서부터 수면의 컨트롤이 큰 고민거리였다. 마지막 수업을 마친 후 마지막 전철을 타고 와, 고작 네 시간을 잔 후 첫 수업을 위한 첫 전철을 탄다, 장엄하지 않은가? 오전에 학원 근처의 캡슐룸에서 두어 시간 눈이라도 붙이지 않는다면 그야말로 죽음이다. 식사는, 따라서 늘 불규칙하다.

처음엔 강제가 아닌 줄 알았는데, 맙소사 황당한 소리를 들어야 했다. 미국 현지에서 공부하고, 대학까지 나온 인재들도 요즘은 수두룩하다는 얘기다. 졸업장이니 뭐니 그런 것이 나의 약점이기도 하지만 이곳은 늘 그런 식이다. 말인즉슨, 싫으면 나가라는 얘기인 것이다. 그것이 한국의 시스템이다. 저질이다.

당장, 이 나에게? 지금 이 나에게 한 말인가? 이 바나나맨에게? 라고 고함을 치고 싶었지만, 참았다. 그 순간 임신 이 개월의 아내 얼굴이 떠오른 것도 사실이지만, 무릇 나는 초인(超人). 그러니까 초인내다. 주먹을 움켜쥔다. 바로 이 손으로 지구를 지켰던 적도 있었다.

너무 많이 살아서 그렇다, 좁은 땅에.

그렇게 이해하고자, 나는 노력한다. 언제나 노력한다. 노력이 필요한 땅이다. 축복의 땅 가나안은 멀고 먼 곳에 있다. 세상은, 가나안이 아니면 애굽이다. 나를 따르라? 서른을 넘긴 한국인에게 정확한 R발음을 가르친다는 건…… 사실 바다를 가르는 것보다 힘들다. 이제는 따라오란 얘기도 내 입으론 못 하겠다. 힘들기는 학생들도 마찬가지다. 출근 전의 새벽에, 또 퇴근 후의 야밤에도 꾸역꾸역 몰려오는 저 인파(人波)는 사실 그래서 리얼리티가 느껴지지 않는다. 꾸역꾸역 오늘도 '알'을 'R'에 가깝게 발음하려 애쓰는 학생들의 얼굴을 쳐다보다, 그만 뜬금없이 묻고 말았다.

"그런데 왜 이토록 영어를 배우려 애쓰시죠?"

뜬금없는 질문에 뭐라 대답은 하지 않고, 다들 웃었다.

웃기는.

*

그래서 웃음이 나오지 않는다.

새벽 다섯시다. 불과 몇 시간 전에 휘청, 하며 올라온 이 길을
휘청, 하는 느낌으로 다시 내려가는 나는 누구인가. 나는 누구
인가. 나는 누구인가. 그리고 이 길은 왜 이토록 어둡고 고요하
단 말인가. 고요하단 말인가. 고요하단 말인가. 멸망한 지구 위
에 홀로 살아남은 생명체처럼, 나는 중얼거린다. 그믐인지 구름
탓인지 달은 더욱 보이지 않고, 나는 혼자다. 역(驛)으로 가자.
그곳이라면 생존자들을 만날 수 있겠지. 나는 걸음을 재촉한다.

그때였다.

눈앞의 허공에서 인기척이 느껴진 것은. 그리고 어둠 속에서
서서히 지상을 향해 내려서는 한 남자의 윤곽이 드러난 것은. 그
는 팔짱을 긴 채였고, 당당하게 선 자세였으며, 검고 누추한 어둠
을 비웃기라도 하듯, 붉은 망토를 펄럭이며 허공 위에 떠 있었다.

슈퍼맨이었다.

나는 그만 숨이 막혀 그 자리에 주저앉고 말았다. 그믐인지 구름 탓인지 슈퍼맨의 표정은 왠지 어두워 보였고, 그 굳게 다문 입술과 붉은 망토 아래에서 어둠이 무릎을 꿇은 한 마리의 검은 소처럼, 우우 한숨 같은 바람소리를 내 귓가에 내보냈다.

"오랜만이야."

슈퍼맨이 얘기했다. 그 말을 듣는 순간 그만 펑펑 눈물이 터져 나왔다. 핫칠리 스파게티의 면발처럼 굵고 뜨거운 눈물이, 핫칠리 스파게티의 소스처럼 뚝뚝 땅 위에 떨어졌다. 보고 싶었다는 말이 뜨거운 구토처럼 목의 후두부까지 치솟았지만, 아무 말도 할 수 없었다. 눈이 매웠다.

"그런…… 편지를…… 보내면 안 되지."

무척…… 난감……하다는 표정으로 슈퍼맨이 얘기했다. 이미 두 발이 완전히 땅 위에 내려선 상태였고, 그의 한 손은 내 어깨 위에 얹혀 있었다. 미안하다고, 미안하다고 나는 울부짖으며 소리쳤다. 이상하게도 자꾸만 두 발이 땅에서 떨어질 것 같은 불안한 마음이었다. 슈퍼맨은 잠시 어떤 생각에 잠기는 듯하더니, 이내 물끄러미 내 눈을 쳐다보며 말했다.

"사는 건 어때?"

"그럭저럭이야."

안간힘을 쓰며, 내가 대답했다.

"그러려니…… 하고 살아, 알겠지?"

나는 고개를 끄덕였다.

*

골목 끝에는 작은 슈퍼가 하나 있었다. 그 앞에는 낡은 평상이 하나 놓여 있었는데, 그 위에 우리는 나란히 걸터앉았다. 여전히 공기는 차가웠고, 세상은 어두웠다. 오랜만에 만난 친구에게 뭔가 대접이라도 해야겠단 생각에 나는 주위를 살펴보았다. 한 대의 자판기가 눈에 들어왔다. 슈퍼의 몰골에 비해 제법 최근에 설치된 듯한 자판기였다. 그곳에서 나는 고급커피를 뽑을까 특수커피를 뽑을까 고민하다 두 잔의 율무차를 뽑아왔다.

"이게 뭐야?"

"우리 민족 고유의 율무차야. 이뇨효과가 뛰어나 신진대사를 원활하게 해주지. 피부미용에도 좋고 사마귀를 제거하며, 기미와 주근깨에도 효과가 있어. 그뿐만이 아니지. 각종 영양소도 풍부해서 체력을 튼튼하게 해주고 머리가 좋아지게 하는 효능까지 있어. 게다가 피로회복, 자양강장에도 도움을 주는, 선조들의 지혜가 듬뿍 담긴 전천후 건강식품이지."

"너나 마셔."

두 잔의 율무차를 다 마실 때까지 슈퍼맨은 아무 말도 하지 않았다. 후루룩. 후루룩. 뭔가 선조들의 지혜가 담긴 각종 영양소들이 체력과 머리를 좋게 해주는 듯한 기분이 들었을 때였다.

"포즈 같은 건…… 전부 잊어먹었겠지? "

잔잔한 미소를 띤 채 슈퍼맨이 물었다.

"아니, 절대로."

나는 일어나 DC의 크리에이터들이 지정해준 바나나맨의 고민 포즈와 분노 포즈, 토킹 포즈, 친구 포즈, 환희 포즈, 차밍 포즈 등을 차례차례 보여주었다. 땀이 났다.

"잘 하는데."

"포즈는 나의 삶 그 자체야. 내가 도울 일이라도 있어?"

"새로운 적들이 나타났어."

"어떤 놈들인데?"

"'제3세계 민족주의' 라는 놈들이야."

"'제3세계 민족주의' ? 맙소사, 1세계도 아니고 2세계도 아니고 제3세계라고? 벌써 이름부터가 공산당만큼이나 나쁜 놈들일 것 같네."

"그렇지?"

"응."

"딴 건 필요 없고, 열심히 응원이나 해. 포즈나 확실히 잡아주고 말이야."

"물론, 나의 삶 그 자체니까."

"그래, 고마워. 이제 돌아갈 시간이야."

슈퍼맨의 몸이 1미터쯤 떠올랐다. 나는 그저 아쉬울 뿐이었지만, 무슨 말을 해야 할지 알 수 없었다. 손을 흔드는 그의 몸이 점점 상승하고 있었다.

"잠깐."

내가 소리쳤다.

"우린 친구지?"

"물론."

허공의 미소를 본 것도 잠깐, 이내 그는 하나의 작은 점이 되어 유유히 날아가고 있었다. 왠지 모르게 나는 그 뒤를 따라 달리기 시작했다. 슈퍼맨이 가는 방향으로, 마침 새벽의 어둠 속에선 그 어떤 길도 보이지 않았고, 그 길밖에는 다른 길이 없다는 생각이었다.

랄라라랄라라 랄라라라
랄라라랄라라 라

나는 달렸다.

수상 소감

耳

소설을 쓰고 싶다는 생각을 처음으로 한 것은 마이크 타이슨이 홀리필드의 귀를 물어뜯던 세계 헤비급 타이틀매치를 지켜보면서였다. 문득 세계의 귀라도 물어뜯고 싶은, 그런 기분이었다. 몇 년 후, 나는 정말이지 소설이란 걸 쓰고 있었다. 그리고, 치과에 다니고 있었다.

앞으론 조심하세요. 의사가 말했지만 당시의 나는 아무것도 알지 못했다. 세계에 대해, 이빨에 대해, 하물며 '귀' 에 대해서라니. 충치를 뽑고 돌아온 그날 밤의 뉴스에선, 등에서 사람의

'귀'가 자라는 쥐가 토픽으로 소개되었다. 결코 만만한 상대가
아닌걸. 맥주를 마시며 나는 중얼거렸다. 둘러보니 '귀'는 어디
에나 있었다. 마치 치과처럼, 아니 더 많이.

그러던 어느 날 샤워를 마친 내 등에 하나의 '귀'가 자라나 있
는 것을 아내가 발견했다. 긴장하고, 정말 열심히 소설을 쓰기
시작한 것은 그때부터다. 제법 귀지를 파줘야 할 정도로, 어느
날 문득 그것은 자라 있었다. 말 그대로의 '귀'.

말만 들었을 뿐, 나는 한 번도 그 '귀'를 본 적이 없다. 거울을
이용해 몇 번 시도를 하기는 했지만, 마치 달팽이의 눈처럼 '귀'
는 숨어버리기 일쑤였다. 복잡한 기분이었다. 정말로 있긴 있는
거야? 라고 물으면, 아내는 다음과 같이 자신이 본 바를 일러주
고는 했다. 차분한 아프리카 코끼리의 귀보다는 작고, 흥분한
인도 코끼리의 귀보다는 커. 아프리카와 인도, 그 사이의 인도
양(印度洋)만큼이나 소설은 깊은 것이었고, 나는 과연 인도양 코
끼리 정도가 될 만큼이나 굼뜨고 무거웠다. 인도양 코끼리 같은
건 어떤 사전에도 나와 있지 않았다.

당선 통보를 받은 것은, 내가 그 '귀'를 실을 카누인지 뗏목인
지를 겨우 완성했을 무렵이었다. 두 귀를 의심하는 대신, 나는

164

그 '귀'를 의심하기 시작했다. 과연 이걸 싣고 갈 수 있을까? 갑자기 눈앞에 인도양이 펼쳐진 느낌이었다. 불과 몇 년 사이에, 타이슨은 은퇴를 눈앞에 둔 선수가 되어 있었다.

그날 밤 나는 한 통의 편지를 받았다. 편지의 발신자는 더, 아이언, 마이크, 타이슨이었다. 축하해, 바톤 터치야! 편지에는 짧게, 그렇게만 적혀 있었다. 좋아, 기꺼이! 라는 짧은 답장을 쓰고 난 후에야, 그가 홀리필드의 귀를 물어뜯은 진짜 이유를 나는 겨우 알 수 있을 것 같았다. 그것이 전부였다. 우리는 '귀'에 대해서는 한마디도 의견을 나누지 않았다. 아마도 앞으로도 그럴 거란 생각이다.

目

이 이상한 자리에 돋아난 불편한 '귀'를, '귀'로 봐주신 것이 세 분 심사위원들이시다. 이 자리를 빌려 감사의 큰절 올린다.

口

할말은 없다. 열심히 쓰겠다.

鼻

한 채의 흙덩어리 속에
숨을 불어넣어주신 분들이 너무나 많다.
땅과 하늘이신
어머니와 아버지께
우주와 심해에 다름아닌
박상륭, 이외수 두 분 선생님께
에너지와 열정을 주신
전인권, 김형태 두 분 형들께
뷰와 앵글을 이식시켜준
강세철 형께
글 안 쓰고 뭐 하냐고 꾸짖어주신
남정욱 형께
나의 아들 태현에게
차라리 전 인류에게
그중에서 오직
연연하지 않음으로써 연연해준,
이 풍진 세상에서 나를 방목해준
맑을 정(晶), 착할 선(善)
나의 아내 정선에게

이 영광을 바친다.

2003년 5월

박민규

심사평

도정일(문학평론가, 경희대 영문과 교수)

미끄러지는 소설

"이거, 꼭 비 맞은 결혼식 케이크 같군." 영국 시인 오든(W. H. Auden)이 자기 얼굴을 두고 한 말이다. 2003년 제8회 문학동네신인작가상 당선작 『지구영웅전설』에 대한 심사평을 쓰자고 책상머리에 앉는 순간 내 머리에 떠오른 것이 오든의 그 자기 관상평이다. 물론 느닷없이 떠오른 말은 아니다. 작품 읽기의 효과에 대한 나의 개똥 이론에 의하면, 모든 소설은(모든 문학작품은) 그것을 읽고 난 다음의 독자의 얼굴을 조형한다. 짧은 순간이지만 모종의 관상을 만들어주는 것이다. 어떤 소설은 일 주일 굶은 당나귀 상을 만들어주고, 어떤 소설은 의자에 앉다가 영원히 미끄러진 자의 얼굴을, 어떤 소설은 동풍에 어금니 빠지는 자의 얼굴을 만들어준다. 나는 자문한다. 『지구영웅전설』을 읽고 났을 때의 내 몰골은? 이 대목에서 생각난 것이 오든의 그 '비 맞은 결혼식 케이크' 다.

이 소설은 문학의 어떤 의자에도 편히 앉지 않는다. 판타지인가 싶으면 판타지의 의자에서 풍자로 가고, 풍자인가 싶으면 풍자의 의자에서 냉소로 간다. 냉소인가 하면 냉소의 건너편에 가서 블랙코미디가 된다. 그 블랙코미디는 또 그리 코미디가 아니다. 그러므로 내가 보기에 이 작가의 재능은 이 탁월한 미끄러지기에 있는 듯하다. 빙판에서도 땅에서도 그는 미끄럽게 잘 달린다. 이 미끄러지기는 그러므로 이 작가에게 양날의 칼이다. 착달라붙고 걷고 기어야 할 때에도 그는 미끄럽게 달리기 때문에 정말 미끄럽게 잘 달리는 것인지 미끄러지는 것인지 그 자신도 잘 모르는 것 같아 보인다. 뛰어난 필력에도 불구하고 탐구와 발견의 뒷받침이 없어 보이고, '미국이 지배하는 세계' 에 대한 풍자의 강한 열정에도 불구하고 그 열정은 범속하고도 진부한 이류 정치평론의 도식을 넘어서는 것이 아니라 그 도식 밑으로 미끄러진다. 풍자와 냉소에도 높은 독창성이 필요하다. 어쩌면 이 작품은 그 자신을 향해 굶은 당나귀, 영원히 의자에서 미끄러지

170

고 동풍에 이빨 빠지는 자의 표정을 스스로 지어 보이는 것인지 모른다. 그러기를 나는 희망한다. 그렇다면 나는 이 작가의 탁월한 질주와 미끄럼 타기가 어떤 새로운 세상을 우리에게 보여줄지 한번 기대해보고자 한다.

이인성(소설가, 서울대 불문과 교수)

깊이와 재미

온갖 공상과학만화의 캐릭터들이 등장하는, 그 자체가 또하나의 공상과학만화 같은, 이 소설답지 않은 소설 『지구영웅전설』은 아무튼 재미있다. 그 재미는 우선 경쾌한 입심과 다양한 지식, 그리고 세상을 뒤집어 보는 시선으로부터 나온다. 단선적인 전개에도 불구하고 끝까지 단숨에 읽을 수 있는 것은 그 재미의 무기들을 잘 활용하는 능력에서 비롯된 것이리라. 더구나, 그 재미를 가지고 겨냥하는 문제의식도 단순한 것만은 아니다. 우리가 향유하는 문화의 배후에 어떤 음모가 도사리고 있지는 않은가, 세계문화를 조정하려는 자본주의는 어떤 속성을 지니고 있는가, 인종적 열등의식은 미국식 제국주의에 의해 어떻게 조성되는가 등등, 흥미로운 질문들이 던져지고 있는 것이다.

다만, 그에 대한 답이 너무나 상식적이고 도식적이라는 것은 이 작품의 치명적 약점이다. 재미있게 읽고 나서 보니 우리도 짐작하고 있던 뻔한 결론이라니! 그런 의미에서, 이 작품은 (내가 보는 관점에서의) '진짜' 문학과 '가짜' 문학의 아슬아슬한 경계 위에 위태롭게 서 있다. 또한, 형식적으로도 설득되지 않는 파격이 겉멋처럼 남용된다는 느낌을 지우기 힘들다. 어떤 형식적 실험이든 필연적 이유가 있어야 하는데, 그게 잘 읽히지 않는다. 만화를 흉내내면서 만화를 전복시키려는 의도일까, 자문해봐도 석연치가 않다. 문학도 하나의 문화적 제도이다. 스스로 고착되려는 것이 아니라 스스로를 변화시켜나가려는 움직이는 제도이긴 하지만, 그 변화에는 필연적 정당성이 존재해야 한다.

여러 의구심에도 불구하고, 나는 이 작품을 당선작으로 결정하는 데 동의했다. 이런 의구심들 너머로, 적어도 자기 체험(이 작가에겐, 만화 체험)에 천착하여 자기 식의 어떤 허구공간을 만들어보겠다는 젊은 열정만은 분명히 느껴진 탓이다. 따라서 나는 이 작품을 역설적 가능성으로 읽고 있으며, 앞으로 이 작품을 뛰어넘을 다음 작품이 나오리라는 기대에 기대어 그렇게 결정했다는 점을, 새로 세상에 나서는 이 신인작가에게 분명히 전하고 싶다. 이 작가가, 문학의 이름에 값하기 위해서는 선명한 재미보다 불투명해도 참으로 우리 속을 온통 뒤집어엎는 깊이가 필요하다는 내 의중을 기억해주면 고맙겠다. 물론, 이런 말

을 했다고 해서 당선에 대한 내 축하의 마음이 반으로 줄어드는
것은 절대 아니다.

남진우(시인, 문학평론가)

『지구영웅전설』은 우리에게 미국은 무엇인가, 라는 매우 묵
직한 주제를 만화라는 대단히 가벼운 양식을 차용해 천착한 작
품이다. 슈퍼맨 배트맨 원더우먼 아쿠아맨 등 미국이 창조한 지
구적 영웅들의 활약상을 뒤집어 봄으로써 정치 경제 군사 문화
등 전 분야에 걸쳐 가속화되고 있는 '미국의 세계 지배 전략'의
실체를 폭로하고 그 문제점을 고발하고 있다. 그러나 자칫 어깨
에 힘이 들어갈 수도 있는 이러한 내용을 작가는 '참을 수 없는
만화의 가벼움'에 실어 전달함으로써 한 편의 유쾌한 소설로 만
드는 데 성공하고 있다. 처음부터 끝까지 종횡무진 계속되는 작
가의 입담도 어지간하고 현실을 비틀어보는 시선도 예리함을
잃지 않고 있다. 그러나 이 작품은 현실의 만화적 뒤집기에는 성
공했지만 그것을 다시 한번 뒤집는 데는 이르지 못했다는 느낌
을 준다. 이 작품이 표방하는 정치적 입장이 이제는 새롭다기보
다는 일반화된 수준의 것이라는 점이 아마도 그 이유일 텐데 어
느 면 너무 쉽게 씌어진 게 아닌가 하는 혐의를 걸게 만드는 부

분이 있다. 하지만 이런 아쉬움에도 불구하고 한 당돌하면서도 뛰어난 문학적 개성의 탄생을 알리는 작품으로는 부족함이 없다는 것이 나의 판단이다.

그는 중심을 파고드는 인파이터다

하성란(소설가)

"유에프오를 믿으세요?"

1999년 여름이었을 것이다. 사진을 찍고 있던 남자가 불현듯 내게 물었다. 엉겁결에 네, 라고 대답했던 기억이 난다. 아, 그는 고개를 끄덕이더니 다시 입을 다물었다. 그는 인터뷰를 하기로 한 잡지사의 편집장이었는데, 인터뷰는 다른 기자에게 맡기고 정작 자신은 사진만 찍었다. 사진을 찍으면서 억지 포즈를 취하지 않아도 되었던 건 지금까지 통틀어 그때가 처음이었다. 인터뷰가 끝난 뒤 그는 자신의 자동차로 나를 전철역까지 데려다주었고, 잡지가 나온 뒤에는 사진 몇 장을 확대해 집으로 보내주기까지 했다. 나는 그 사진 중의 한 장을 액자에 넣어 내 방에 걸어

두고 있다. 사진을 본 사람들의 말은 한결같다. "대체 누가 널 이렇게 찍어준 거야?"

그가 바로 박민규씨다. 최근 문예지를 유심히 살펴본 사람이라면 그의 이름이 낯설지 않을 것이다. 몇 년 전부터인가 각종 소설상의 최종심에서 그의 이름이 몇 번이나 거론되었기 때문이다. 그때마다 혹 내가 아는 그 박민규씨가 아닐까 했지만, 그때 그는 지나가는 말처럼 대학에서 시를 전공했노라고 했다. 우연히 그가 다니고 있던 잡지사를 그만두었다는 소식을 들었다. 그리고 2003년 봄, 나는 그를 다시 만난다. 『지구영웅전설』의 작가로.

오랜만에 다시 보는 그는 머리가 온 등을 덮도록 자랐다는 것 외엔 예전 그대로의 모습이었다. 예전에 만났을 때만 해도 시를 쓴다고 했는데 어떻게 갑자기 소설로 방향을 틀게 된 것인지, 잡지사를 그만둔 후에는 어떻게 지내고 있는지 궁금했다. 한참 만에 그의 대답이 돌아온다. 그는 과묵한 편이다. 말도 어눌하다. 약간 늘어진 테이프를 듣고 있는 것 같다. "갑자기 소설이 쓰고 싶었어요."

갑자기 그 무엇이 그에게 시가 아닌 소설을 쓰도록 했을까. 시를 쓰고 소설을 쓰게 생겼다는 말은 좀 그렇지만, 시인은 시를 쓰게 생겼고 소설가는 딱 소설을 쓰게 생겼다고 나는 생각한다. 그의 성격을 아는 사람이라면 그가 『지구영웅전설』의 작가라는 사실에 고개를 갸웃할 것이다. 왜 별안간 소설을 쓰게 되었을까. 요즘 신인들 중에 늦깎이가 많다는 것을 감안하더라도 그의 나이는 적지 않은 편이다. 그를 만나기 전에 가장 궁금했던 점이 바로 그것이었다. 왜 시가 아니라 소설이 쓰고 싶어진 것일까.

"사실 대학은 커닝해서 들어간 거예요. 그래서 점수가 평소 내 성적보다 잘 나왔지요. 음악을 좋아해서 그쪽 계통으로 진학하고 싶었죠. 하지만 실기에는 자신이 없었고, 실기가 없는 학과를 생각하다 문예창작학과에 진학하게 된 겁니다. 학교 다닐때도, 그때 상황이란 것이 어수선했고 거기에 휩쓸려다니다가 밀리듯 졸업하게 된 거죠. 학교 다닐 때 뭐 했냐고 누군가 물어보면 시를 전공했다, 이런 식이 된 겁니다."

그는 아무튼 시인 지망생이었다. 그러다가 어느 날 갑자기 소설이라는 프리즘을 대고 세상을 보게 된 것이다.

"잡지사 편집장으로 있을 때 필자 한 분이 급작스레 펑크를 냈어요. 인쇄소로 원고를 넘기기까지 남은 시간은 두 시간 남짓. 하는 수 없이 코너 하나를 맡아가지고 얼렁뚱땅 소설 비슷한 것을 썼지요."

잡지에서 본 기억이 난다. 어, 박민규씨가 소설을 다 쓰네. 다시 들여다보았다. 그 소설은 일회로 끝나지 않고 연재로 이어졌다.

"「카즈야(KAZUYA)의 낙서(樂書)」라고, 음악에 관한 이야기였죠. 그런데 그것을 써놓고 나니까 기분이 좋아졌어요. 그럼 진짜를 한번 써보자, 라는 생각이 들었죠."

카즈야는 격투 게임의 캐릭터이다. 그는 자신과는 영 딴판으로 멋진 캐릭터라고 덧붙인다. 그 길로 그는 곧장 잡지사를 그만두었다. 같은 직장에서 만나 결혼한 아내의 전폭적인 지지가 있었다. 사진을 찍는 작업도 일체 하지 않았다.

"아무것도 하지 않고 그냥 글만 썼어요."

『지구영웅전설』은 만화영화 〈슈퍼특공대〉를 연상시킨다. 슈퍼맨과 배트맨, 원더우먼, 아쿠아맨 등이 모두 한자리에 모여 조금 어리둥절했던 기억이 있다.

어린 시절 지진아였던 '나'는 어떤 사건에 휘말려 자살을 결심한다. 사건의 추문을 은폐하기 위해 슈퍼맨 흉내를 내며 빌딩 옥상에서 뛰어내리는데, '나'를 받아안은 것은 어처구니없게도 슈퍼맨이었다. 슈퍼맨을 따라 워싱턴에 있는 정의의 본부로 온 '나'는 지구의 정의를 지키는 일원으로 성장한다. 영웅이 되고 싶었던 '나'는 갖은 노력과 애걸복걸 끝에 영웅의 한 사람이 되는 것을 허락받고 '바나나맨'으로 다시 태어나게 된다. 소설을 읽는 동안 자연스럽게 미군 장갑차 사건의 효순이와 미선이, 9·11테러와 이라크 전쟁 등 일련의 사건들이 떠오른다. "이 소설은 작년에 썼습니다. 쓰고 나니까 전쟁이 터지고…… 저는 제가 쓰고 싶은 게 아니면 안 써요. 「화이트 크리스마스」라고 9·11테러 전에 썼던 소설이 있죠. 작년에 응모했다가 천박하다는 지적을 받았어요." 하지만 그 가벼움과 너스레는 충분히 의도된 것이라는 느낌을 준다.

"글쓰는 일은 격투와 비슷하다고 생각합니다. 홍수환씨가 어느 경기의 해설에서 그런 말을 했어요. '예전의 복서들은 맨 먼저 파괴를 생각했다. 그런데 요즈음의 복서들은 승리만 생각한다.' 파이팅이 점점 사라지고 있다는 지적인 거죠. 그래서 사람들은 점점 권투가 재미없어진다고 불평합니다. 제가 갑자기 글을 쓰고 싶어진 것이 바로 그런 이유 때문이 아닐까 생각합니다. 파이팅-격투가들의 대부분이 몸이 기형적으로 발달한 사람들이에요. 모든 근육이 골고루 발달하지 못했죠. 어떤 근육이 가볍지 않으면 다른 어떤 근육에 힘을 실을 수가 없다고 생각합니다. 완벽한 체형을 갖춘 작가란, 글쎄요, 전 파이팅이 아니라 헬스를 하는 거라고 생각해요. 그런 몸을 가지고 실질적으로 데미지를 생각하는 분들은 없어요. 상대편을 꼼짝 못 하도록 끌어안고만 있으려 할 뿐이죠. 제가 하고 싶은 것은 파이팅이에요. 계속 쓸 생각입니다. 욕을 먹을 때도 있고 질 수도 있겠죠. 전 제가 잘할 수 있는 것에 힘을 쓰고 몰두하려고 합니다."

그러나 『지구영웅전설』은 가벼운 훅이나 잽을 연상시킨다. 감량에 거뜬히 성공한 복서가 링 위에서 이리저리 가벼운 스텝을 밟고 있는 것 같다. 스텝이 공격과 방어에서 가장 중요한 것임은 두말할 나위 없다. 『지구영웅전설』은 어떻게 보면 인종차

별 문제를 전면에 내세우고 있는 듯도 보인다. 바나나맨도 그렇고 마이애미 정신병원에 수용된 히스패닉 혼혈인과 흑인도 그렇다. 영웅이 되고 싶어하는 바나나맨을 향해 슈퍼맨은 말한다. "넌 영원히 영웅이 될 수 없어. 백인이 아니니까." "이제 나도 미국인이지?"라고 묻는 바나나맨에게 "물론, 너의 영혼은 백인이니까"라고 슈퍼맨은 대답해준다.

"실은 제가 콤플렉스가 많은 인간이라서 그런 생각을 하고 있는 것 같습니다. 뭔가 손해를 보고 뜯기고 빨리면서 살고 있는 것이 아닌가 하는 생각을 가끔 합니다. 어느 세계든 그 속에는 세계를 끌고 나가는 부류와 지배당하는 부류가 있어요. 그런 것들에 대한 반감, 아시아인이 될 수도 있고 흑인이 될 수도 있지만 지금은 백인이 지배적이니까요. 인종이라기보다는 지배하는 놈들에 대한 반감이었습니다."

어둑신한 방 안에서 흑백 텔레비전에 몰입하던 시절이 있었다. 만화영화는 어린이들에게 꿈이었다. 작은 모니터는 세상으로 향해 난 창이었다. 우리는 그 작은 창을 통해 세상을 내다보았다. 그의 소설을 읽는 동안 어릴 적 추억들이 불안하게 흔들리기 시작했다. "저는 다시 코믹스와 마블의 영웅적인 캐릭터 따위엔 관심이 없습니다. 이야기를 이끌어가기 위해 전략적으로 선택한 것일 뿐이죠."

그는 또다른 장편을 쓰기 위해 필요한 자료를 구하기가 너무

어렵다는 이야기를 해주었다. "케이비오(KBO)에도 후신인 현대구단에도 삼미에 관한 자료가 없었습니다. 꼴찌를 부끄러워하는 거죠. 왜 이제 와서 부끄러운 과거를 들춰내려느냐, 그런 식이었죠."

DC 코믹스든 마블이든 『지구영웅전설』 속의 영웅들은 대략 네 부류로 나누어진다. 슈퍼맨 같은 초능력자, 배트맨처럼 막대한 자본력을 가진 부류, 로빈과 바나나맨처럼 주인공을 돋보이게 하는 보조기구, 헐크와 스파이더맨 같은 변종인간. 영웅이 된 후 바나나맨이 제일 처음 한 일은 햄버거를 사다 나르는 일이었다.

"피시방에서 같이 오락을 하는 사람들에게 소설을 보여주기도 합니다. 나이도 다르고 취향도 다 다르죠. 그러던 어느 날 내 소설이 내가 의도한 대로 읽히기를 바라는 것은 부질없는 일이라는 생각이 들었습니다. 그래서 더욱더 쓰고 싶은 대로 쓰게 되는 건지도 모르겠습니다."

『지구영웅전설』은 외양은 황인종이면서 영혼은 백인종으로 경도된 바나나맨이라는 캐릭터가 주인공이다. '바나나맨' 은 지구의 정의를 지키는 일선에서 최선을 다하지만 어느 날 정신을 잃은 채 마이애미의 정신병원 옥상에 버려지게 된다. 슈퍼특공대의 일원이라고 주장해보지만 씨알도 먹히지 않고 결국 한국으로 송환되기에 이른다. '나' 는 영어학원의 강사로 한국에서의 지지부진한 삶을 살기 시작한다.

"어느 책에선가 일본인만 명예 백인으로 간주해주겠다고 하는 대목을 읽었습니다. 명예 백인이라는 단어에서 바나나맨이라는 캐릭터가 떠올랐죠. 아시아인이면서 백인이 되고 싶어하는, 껍질은 황인종이지만 속엣것은 백인인. 그런데 지금 대부분의 사람들이 바나나맨이 아닌가라는 생각도 듭니다."

어린 시절 우리가 심취했던 만화영화들을 떠올려본다. 텔레비전을 통해 방영된 만화영화 거개가 미국이나 일본에서 수입한 것들이었다. 그 만화영화들이 은연중에 우리가 바나나맨이 되는 데 일조한 것은 아닐까.

"자료를 찾으면서 그냥 만들어지는 영웅이란 없다는 것을 알게 되었습니다. 실제로 걸프전 때는 히어로 만화들이 대거 제작되었죠. 걸프전 때는 배트맨이, 이라크전 때는 스파이더맨과 헐크가 만들어졌습니다. 일본의 만화도 비슷한 경웁니다. 아톰도 그냥 만들어진 게 아니더군요. 원폭에 대한 콤플렉스, 패전에 대한 콤플렉스에서 벗어날 무언가가 필요했던 것이죠. 그래서 원자력을 이용한 아톰 보이라는 로봇이 만들어진 겁니다. 작고 귀여운 로봇이 덩치 큰 백인 로봇을 이겨내는 것을 보면서 콤플렉스를 씻어내려는 거죠. 그후에 만들어진 것이 마징가입니다. 큰 로봇에 작은 우주선이 도킹해 큰 로봇을 조종하는 거죠. 시스템의 일원이 되는 겁니다. 개인의 삶은 보잘것없고 불행한데도

대기업의 일원이라는 것 하나만으로 마치 자신이 거대한 로봇을 움직이고 있는 듯한 착각을 일으키게 되죠. 그냥 만들어진 영웅이라는 건 없습니다. 수단이었던 거죠. 비참한 것은 그나마 그런 것도 우리 것이 아니었다는 것이죠. 남의 것을 보고 배워 은연중에 숙지가 되었던 겁니다. 그게 나름대로 한국의 특수성이기도 하구요."

1999년 그는 내게 유에프오에 대해 물었다. 짧은 시간 동안 머리를 굴렸던 것 같다. 우리는 은연중에 나쁜 놈과 착한 놈, 내 편과 남의 편으로 나누는 사고에 길들어 있다. 나는 그 물음을 그렇게 받아들였다. 유에프오를 믿으면 넌 내 편, 아니면 남의 편. "그때 우연히 나사에서 근무하는 사람의 책을 읽고 있었습니다. 잠시 동안 그 생각뿐이었던 것 같아요." 그렇다면 유에프오를 믿으세요, 라는 식의 질문으로 문학을 믿으세요, 라는 질문을 해보고 싶었다.

"저는 같은 거라고 생각합니다. 저는 경기도 외곽에 살고 있는데 집 근처에서 우연히 낡은 연립주택 이층에 세 들어 있는 '피라미드 주택 연구소'란 곳을 발견했어요. 그런 것이 아닌가 싶어요. 낡은 연립주택에서 피라미드 주택을 연구하고 있는 사람이 있는 것과 마찬가지로 문학을 하고 있는 사람들이 있지 않나―제가 쓰는 소설의 주제는 근본적으로 한 가지입니다. 잘살자는 것이죠."

잡지사를 그만두고 이 년 육 개월 동안 그는 소설만 썼다. 집 안에만 틀어박혀 있었기 때문에 옷을 새로 살 필요도 없었다. 머리카락이 등을 덮을 만큼 자랐다. 그는 가끔 산책길에서 낡은 연립주택 이층에 달린 '피라미드 주택 연구소'라는 간판을 올려다보았다.

"독서는 복서에게 러닝 연습이라고 생각합니다. 저는 남의 말을 잘 안 듣는 면이 있는 반면 시키는 대로 하려는 성격도 있습니다. 「화이트 크리스마스」를 냈다가 도정일 선생님의 혹독한 심사평을 읽었습니다. 투고자 모두를 대상으로 하신 말씀이었는데 천박함에 대한 꾸지람 끝에 도스토예프스키는 읽었는가? 톨스토이는 읽었는가? 라고 하셨어요. 글쓰는 중간중간 『백경』을 비롯해 고전작품들을 읽었습니다."

그가 그 동안 쓴 소설은 단편이 서른 편, 오백 매 분량의 경장편이 두 편, 천이백 매 분량의 장편이 한 편이었다. 그리고 지금은 '마이크로소프트'라는 제목의 장편을 쓰고 있는 중이다.

"제 개인적인 콤플렉스인데, 제 할아버지만 해도 이북 분이거든요. 친구 분들이 모이시면 일본에 징용 갔던 일이며 만주에서 마적떼랑 어울렸던 일 등, 파란만장한 이야기들이 펼쳐집니다. 아버지 친구분들도 학도병으로 전쟁을 치르고 월남에도 갔다오셨죠. 제 또래는 딱히 아무것도 한 게 없어요. 제 아들은 더하겠지요. 어느 날 문득 보니 대부분의 인간들이 너무나 마이크로

해지고 소프트해진 거예요. 초지배적인 인간형이 되어가고 있는 거죠."

문학과 삶에서 지향하는 것이 정반대인 듯했다. 그는 욕심을 버리고 30위나 40위 정도의 삶을 영위하길 바란다. 하지만 문학은 인파이터로, 머리를 들이밀면서 상대방의 허점을 찾는다. 점점 중심으로 파고든다. 세상은 마이크로해지고 소프트해진다. 어떻게 보면 그의 바람처럼 안정된 듯도 하다.

"조금은 격렬해지고 싶어 문학을 한다고 볼 수 있습니다. 치열하고 가슴 뛰고 긴장되는 그런 것. 너무 하고 싶은 것, 보통 사람들이 이야기하는 꿈이죠."

그가 새로 쓰고 있다는 장편이 읽고 싶어졌다.

"사진으로 치면 노출의 문제인데, 노출이 적정해서 좋은 사진이 있는가 하면 그것이 부족해서 좋은 사진도 있고 오버해서 찍었을 때 좋은 사진을 얻기도 합니다. 사진을 찍으면서 느낀 건데, 모든 사진이 적정으로 찍는다고 해서 좋은 것은 아니라는 겁니다. 정말이지 어떤 때는 과다할 때가 더 좋을 때도 있고 부족할 때가 좋을 때도 있지요. 『지구영웅전설』은 노출을 좀 많이 주고 싶었던 소설이었습니다. 이것저것 가리지 않겠다는 생각을 합니다. 하고 싶은 대로 하다보면 저절로 이런저런 것들이 나올 거라고 믿고 있어요. 제가 커닝하는 바람에 저 때문에 대학에 들어가지 못한 한 사람을 생각합니다. 글을 쓰고 싶은데도 환경 때문에 전혀 다른 일을 하는 분들도 마음에 걸립니다. 한편으로는 너무 감사하고 한편으로는 좋은 글을 쓰도록 노력하겠다는 약속을 드립니다."

대학을 졸업하고 그는 해운회사 영업사원으로, 광고회사 카피라이터로 일했다. 영업사원에 대한 그의 생각은 남다르다. 갑자기 그의 눈에 눈물이 핑 도는 것을 나는 놓치지 않았다.

"『세일즈맨의 죽음』을 보고 많이 울었습니다. 하지만 저는 제가 겪은 일에 대해서는 소설을 쓸 수가 없어요. 연상작용이 너무 많이 일어나요. 그리고 그것이 방해가 됩니다. 광고회사에서 카피라이터 생활을 한 삼 년 동안 굉장히 많은 글들을 썼어요. 한 인간이 삼 년 동안 쓴 글 중에 대표작이 무엇이었냐면 글쎄, '왕입니다요' 입니다. 그때 그 생활 때문인지 제목에 대한 노이로제가 좀 있어요. 카피라이터 하면서 시달린 것 때문에."

그의 커다란 가방 속에는 책 두 권이 들어 있다. TASCHEN 출판사의 *ROBOTS AND SPACESHIPS*와 『상대적이며 절대적인 외계인 백과사전』이 그것이다. 그는 자신의 경험은 글로 쓰지 않는다, 아직까지는. 프로야구단 삼미에 대한 글을 썼지만 그는 인천 출신도 삼미의 골수팬도 아니다. 그가 소설을 쓰는 힘은 정보와 상상력의 결합에서 나온다. 하지만 나는 그가 눈물을 보인 그의 이야기들이 언젠가는 소설화되기를 기대한다.

그는 생활인으로서는 욕심 없는 생활을 원한다. 그의 옷차림에서 유독 눈에 띄는 것은 상을 타고 선물받았다는 플라스틱 시계이다. 시계 안에는 심슨 가족 캐릭터가 그려져 있다. 그가 격투를 벌이고 싶은 것은 소설이다. 복싱을 하는 그의 모습이 너무도 쉽게 상상되었다. 난데없이 피멍이 얼룩덜룩하면서도 웃고 있는 허리케인 조의 모습이 떠올랐다. 세상에, 우리의 상상력은 어디까지가 온전히 우리 것인가.

그가 치열한 인파이터라는 것에 조금의 의심도 들지 않았다. 잽과 훅, 어퍼컷, 크로스 등을 완벽하게 구사하는 멋진 권투 경기를 보고 싶을 뿐이다.

마지막으로 더 할 이야기가 없느냐는 질문에 그가 웃는다.

"집사람에게 감사하다는 말을 꼭 전하고 싶어요. 상금을 받으면 그 동안 사주지 못했던 비싼 옷도 많이 사주고 맛있는 음식도 함께 먹을 겁니다."

생활인으로서의 그는 정말 너무도 욕심이 없다.

문학동네 장편소설

지구영웅전설

ⓒ 박민규 2003

1판 1쇄 │ 2003년 6월 20일
1판 22쇄 │ 2018년 4월 26일

지은이 박민규
펴낸이 염현숙
책임편집 김현정 조연주 이상술
마케팅 정민호 나해진 박보람 나해진 우상욱 | 홍보 김희숙 김상만 이천희
제작 강신은 김동욱 임현식 | 제작처 한영문화사

펴낸곳 (주)문학동네
출판등록 1993년 10월 22일 제406-2003-000045호
주소 10881 경기도 파주시 회동길 210
전자우편 editor@munhak.com | 대표전화 031)955-8888 | 팩스 031)955-8855
문의전화 031) 955-3576(마케팅) 031) 955-8864(편집)
문학동네카페 http://cafe.naver.com/mhdn

ISBN 89-8281-679-8 03810

www.munhak.com

문 학 동 네 작 가 상   수 상 작

제1회 나는 나를 파괴할 권리가 있다 김영하
비범하고 충격적인 신예의 탄생을 알린 문제작. 매혹적인 죽음의 미학을 탁월하게 형상화하여 한국 문학의 새로운 장을 열었다.

제1회 식빵 굽는 시간 조경란
식빵 굽는 냄새와 함께 펼쳐지는 서른을 앞둔 여성의 황량한 내면 엿보기. 미혹으로 가득찬 인간관계의 부조리함을 탄탄하고 세련된 문체로 드러낸다.

제2회 마요네즈 전혜성
붕괴해가고 있는 우리 시대 가족의 현주소를 적나라하게 파헤친 문제작. 가족과 모성애, 사랑의 이름으로 희생된 '여자' 어머니에 대한 새로운 발견과 통찰이 빛난다.

제4회 기대어 앉은 오후 이신조
삶의 다의적 진실을 꿰뚫어보는 섬세한 감성, 연민과 관용. 정밀한 심리 묘사 등과 같은 여성적 미학으로 현대사회에서 훼손된 영혼들 사이의 교신을 형상화한다.

제5회 모던보이─망하거나 죽지 않고 살 수 있겠니 이지민
통념을 깨뜨리는 발상과 거침없고 재치 넘치는 표현으로 삶의 권태를 가로지르는 한바탕 백주의 활극.

제6회 동정 없는 세상 박현욱
야하면서도 건전하고 불순하면서도 순수한 젊은 호흡으로 성장 없는 독특한 성장소설. 동정童貞/同情 없는 우리 시대의 뛰어난 우화를 완성해냈다.

제8회 지구영웅전설 박민규
과연 우리의 상상력은 어디까지가 온전히 우리의 것인가. 되묻게 만드는 엉뚱하고 기발하고 유쾌한 만화적 상상력과 독특한 구성력이 돋보인다.

제9회 어느덧 일주일 전수찬
발랄하고 상쾌한, 연상녀+연하남 커플의 유쾌한 일주일. 생을 쿨하게 바라보는 시선, 물 흐르듯 자연스러운 경쾌한 입담. 인물들에 대한 야릇한 호기심이 읽기의 충동을 유지시킨다.

제10회 악어떼가 나왔다 안보윤
날카로운 시선으로 인간 본성의 모순, 우리 사회의 병리적 현상을 풍자하고 조롱해나간다.

제11회 내 머릿속의 개들 이상운
희극적인 상황 설정과 풍자적인 어법에서 시대 상황을 관통해 지나가는 힘이 느껴진다. 적당히 과장된 인물들이 벌이는 한바탕의 소란은 우리 시대의 흥미로운 우화가 되어준다.

제12회 달의 바다 정한아
인물들이 빚어내는 따뜻함이 생에 대한 냉정한 통찰과 어우러져 균형을 이룬다. 아픔을 부드럽게 감싸는 긍정, 가볍게 뒤통수를 치는 듯한 반전의 경쾌함이 돋보인다.

제14회 아무도 편지하지 않다 장은진
여운을 남기는 압축적 구성과 작품 곳곳에 따뜻하게 배어 있는 명징한 유머가 묘한 아픔을 수반하고 있다.

제15회 사라다 햄버튼의 겨울 김유철
관계의 가능성이란 그 불가능성을 받아들이는 것에서부터 시작된다는, 이 역설적 진실은 소박하지
만 잔잔한 울림을 남긴다.

제16회 죽을 만큼 아프진 않아 황현진
삶의 진창을 넘어서고자 애쓰는 한 소년의 고독한 성장기를 과장된 상처 없이, 자기연민 없이, 신선
한 리듬이 살아 있는 위트 있는 문장으로 이야기한다.

제18회 시간 있으면 나 좀 좋아해줘 홍희정
거침없이 살기에는 너무 거친 이 시대를 자기만의 속도로 살아가는 나이든 소년/소녀들의 자화상.
타인의 고통에 민감하게 반응하고 그것을 따스하게 감싸안는 공감력은 이 소설만의 힘이라 하기에
충분하다.

제20회 그믐, 또는 당신이 세계를 기억하는 방식 장강명
고작 패턴으로 존재하는 인간은 어떻게 그 밖으로 나갈 수 있을까? 이 소설은 시간을 한 방향으로,
단 한 번밖에 체험하지 못하는 인간 존재의 한계를 근본적으로 성찰하고 있다.

문 학 동 네   대 학 소 설 상   수 상 작

제1회 코끼리는 안녕, 이종산
말하지 않은 채로 무엇인가를 강조할 줄 아는 소설. 저 매력적인 대화들은 우리가 아직 잘 모르는 새
로운 스타일의 이야기가 시작되고 있는 것이라는 강력한 예감을 갖게 한다.

제1회 아프리카의 뿔 하상훈
탁월한 이야기꾼의 자질이 고스란히 드러난 작품. 치밀하게 자료조사를 하여 소설로 빚기까지의 노
고와 작가의 공력이 고스란히 느껴진다.

제2회 브라더 케빈 김수연
읽는 내내 능청스러운 문장에 속수무책이고, 각 장이 매듭지어질 때마다 작은 감탄이 새어나온다.
매력적인 캐릭터 구축 능력, 자기 세대의 문제를 포착하는 시선 모두 남다르다.

제3회 초록 가죽소파 표류기 정지향
이 시대 대학생이 할 법한 고민 대부분을 정교한 플롯과 다양한 에피소드를 통해 매우 설득력 있게
전개한다. 작가가 서사를 장악하고 있기에 가능한 작품이다.

제4회 최선의 삶 임솔아
강렬하고 파괴적인 사건과, 그것을 바라보는 무감한 시선이 섬뜩한 충격을 안겨주는 소설. 불합리와
모순, 그리고 분노를 느끼며 경험하는 잔인한 성장의 일면을 지독히 사실적으로 그려낸다.

제5회 환상통 이희주
'빠순이'의 시선에서 들려주는 아이돌 팬덤에 대한 생생한 증언과, 그 사랑의 특수성에 대한 섬세한
기록을 만날 수 있게 해준다.